U0726589

中华魂

ZHONGHUA HUN

百部爱国故事丛书

宁死不辱战士名

——狼牙山五壮士

吕玉莲 姜 越 编著

吉林人民出版社

图书在版编目（CIP）数据

宁死不辱战士名：狼牙山五壮士／吕玉莲，姜越编著．--长春：吉林人民出版社，2011.3（2021.8重印）
（中华魂·百部爱国故事丛书）
ISBN 978-7-206-07520-9

Ⅰ．①宁… Ⅱ．①吕… ②姜… Ⅲ．①故事—中国—当代 Ⅳ．① I247.8

中国版本图书馆 CIP 数据核字 (2011) 第 032583 号

宁死不辱战士名
——狼牙山五壮士
NINGSI BURU ZHANSHIMING
　　——LANGYASHAN WUZHUANGSHI

编　著:吕玉莲　姜　越
责任编辑:金　鑫　　　　封面设计:孙浩瀚
制　作:吉林人民出版社图文设计印务中心
吉林人民出版社出版 发行(长春市人民大街7548号　邮政编码:130022)
印　刷:北京一鑫印务有限责任公司
开　本:787mm×1092mm　　1/16
印　张:8　　　　字　数:64千字
标准书号:ISBN 978-7-206-07520-9
版　次:2011年3月第1版　　印　次:2021年8月第2次印刷
定　价:35.00元

如发现印装质量问题,影响阅读,请与出版社联系调换。

总　序

　　《中华魂》是一套故事丛书。它汇集了我国自鸦片战争以来一百八十余年间的近百位民族英雄、仁人志士、革命领袖、先进模范人物的生动感人事迹，表现了他们作为中华儿女的伟大的爱国主义精神。

　　爱国主义是人们对于"生于斯、长于斯、衣食于斯"的祖国的一种神圣感情，是人们对于自己民族的一种强烈的责任感和使命感，是感召和激励整个中华民族的一面永不褪色的旗帜。在一百多年的中国近现代史上，爱国主义一直激励着中华儿女为祖国的独立、统一、进步和繁荣而英勇奋斗。从"苟利国家生死以，岂因祸福避趋之"的林则徐，到"我自横刀向天笑，去留肝胆两昆仑"的谭嗣同；从"铁肩担道义，妙手著文章"的李大钊，到"青春换得江山壮，碧血染将天地红"的赵一曼；从"县委书记的好榜样"的焦裕禄，到"问鼎长天，扬我国威"的邓稼先……都表现出了强烈的爱国主义精神。正是由于热爱祖国的人们前仆后继地奋斗，国家和民族才得以生存，才能够在一次次历史危急关头转危为安，走向兴盛和富强，从而屹立于世界民族之林。爱国主义是鼓舞中华儿女历经忧患、跨越沧桑、百折不挠、自强不息的伟大力量，它贯穿于中华民族的整个历史，并有力地凝聚着五洲四海的中国人。

　　爱国主义是一个历史的范畴，在社会发展的不同阶段、不同时期有不同的具体内容。革命时期，需要我们为祖国的独立自主出生入死；建设时期，需要我们为祖国的繁荣富强增砖添瓦。在全国各族人民团结一心，开启全面建设社会主义现代化国家新征程的今天,我们要争做一名新时期的爱国者。新时期的爱国者要有强烈的民族自尊心、自豪感。民族自尊心、自豪感是任何时期、任何爱国者都必须具备的情感。民族自尊心能增强我们自立向上的恒心,民族自豪感能树立我们建设祖国的信心。要树立"祖国高于一切"的崇高信念,为了祖国和人民的利益不惜抛却个人的利益,甚至不惜牺牲个人的生命。我们要树立终身学习的理念,拓宽自己的知识面,广泛吸收新知识、新技术,完善自身的知识结构,更新学习知识的方法与理念,从思想上、知识上充分武装自己,为祖国的繁荣昌盛贡献力量。

　　爱国主义思想的继承和发扬,是关系到民族盛衰、国家兴亡的根本问题。爱国主义思想情操的形成,需要不断地培养。培养爱国主义精神的一个重要途径是向英雄人物和典范事迹学习和致敬。这套丛书的出版,对于青少年向英雄和先进人物学习,特别是对于在中小学生中进行爱国主义教育是不可多得的生动的教材。祝愿此书出版发行成功,为培养时代新人做出贡献。

胡维革

中华魂
百部爱国故事丛书

编 委 会

策 划： 胡维革　吴铁光
　　　　 林　巍　冯子龙

主 编： 胡维革　邢万生

副主编： 贾淑文　杨九屹

编 委：（按姓氏笔画为序）
　　　　 于二辉　刘士琳
　　　　 刘文辉　孙建军
　　　　 李艳萍　吴兰萍
　　　　 谷艳秋　隋　军

狼牙山涧成壮志　威震敌胆

易水河源舒正义　万世流芳

　　　　　　　　——杨成武

目　录

中华魂 百部爱国故事丛书
ZHONGHUA HUN

狼牙山，屹立在易水河畔，位于河北省易县的西南，涞源的东南，满城的西北方，居太行山脉，海拔1 105米。山上巨石、尖峰突起，齿形地插入云霄，巍然以其险峰雄姿俯瞰着易、满、徐、定、保区域的平原和山地。

　　抗日战争时期，狼牙山是晋察冀边区东边的大门，这座铁壁样的大山，是中国共产党领导的晋察冀边区一分区军民抗击日本侵略者的坚强屏障。

　　在狼牙山西边的巅崖，矗立着千百年来为远近人们所景仰的名胜——棋盘坨。当地老百姓口传着关于棋盘坨流的一个古老的神话传说：很久很久以前，一个樵夫曾经在坨上旁观两位仙叟下棋一局，等他回家后发现世上已过去几百年了。而留在坨上的大石棋盘和樵夫吃剩的核桃后来变成一个铁块——便是那传说永久的纪念。

然而，自从1941年9月25日以后，人们已不醉心于那一块大石头作为标记的神奇的传说，而是那曾经为诗人所歌颂的在易水河畔慷慨悲歌的壮士的故事。五位八路军战士用生命和鲜血谱写的壮丽篇章，将永载史册。

严阵以待

1941年8月，日本华北方面军司令官冈村宁次大将气势汹汹指挥几十万兵力，分十三路向晋察冀边区山地进行扫荡，号称"百万大战"，妄图一举荡平我晋察冀根据地，消灭我八路军部队。

驻扎在易水河畔的八路军晋察冀军区第一军分区杨成武部的第一团同当地两千多民兵密切配合，经常出没在狼牙山山麓、易水河畔，埋地雷，设陷阱，打伏击，日夜跟敌人周旋，打得敌人晕头转向。日寇

狼　牙　山

　　狼牙山，以八路军五勇士浴血抗击日寇舍身跳崖而闻名于世。狼牙山是一座雄险奇伟、景色秀丽的名山，早在两千年前的战国时期，"狼牙竞秀"就是当时燕国十景之一。如今，这里既是省级爱国主义教育基地，又是一座省级森林公园。

　　狼牙山位于保定境内易县西南45公里处太行山东麓，距保定市45公里。因其奇峰林立，峥嵘险峻，状若狼牙而得名。

　　狼牙山由5坨、36峰组成，主峰莲花瓣海拔1 105米，西、北两面峭壁千仞，东、南两面略为低缓，各有一条羊肠小道通往主峰。登高远眺，可见千峰万岭如大海中的波涛，起伏跌宕。近望西侧，石林耸立，自然天成，大小莲花峰如出水芙蓉，傲然怒放，铜峡云雾缥缈，神奇莫测。

　　狼牙山风光绮丽，漫山遍布苍松翠柏，飞瀑流泉，拥有丰富的动物和植物资源，动物有黄羊、乌鸦、锦鸡等，植物有松、柏、桦、枫等北方树种二三百种之多，涉足游览，可尽享森林浴之妙。秋季金风送爽时，坡岗沟壑之间，红叶吐艳，层林尽染，放眼望去，漫山猩红，可与香山红叶相媲美。

　　位于半山腰的红玛瑙溶洞，是我国首次发现的红玛瑙质构成的自然景观，形成距今已有16亿多年的历史。通高90米、宽50米，共设6个景厅，有仙女下凡、八仙贺寿、塔林夜月等40多个景观。进得洞来，拾级攀缘而上，既能观赏惊险奇绝的景色，又可当作登狼牙山的必经通道。

在通往主峰棋盘坨顶峰的一处悬崖旁，有一块天然形成的酷似棋盘的岩石，约三尺见方，石面纹理纵横。传说孙膑与其师傅鬼谷子常在此布棋为乐，棋盘坨因此而得名。后来，又在于此不远处的另一块平面岩石上用利錾人工造成一副棋盘，供游人对弈。现在两块石棋盘边上各生有虬结苍劲的古柏一棵，如二人在此对弈。一侧为悬崖峭壁，一侧为古树虬枝，身畔云雾缭绕，置身于此，如临仙境。

褡裢坨山势极为陡峭，但半山腰却有一块

宁死不辱战士名
——狼牙山五壮士

平地，过去建有庙宇，即老君堂。老君堂依洞而建，半是人工，半是天然。殿后有名为"仙人洞"的天然溶洞，洞深约10余米，宽约5米，洞内有一泉水长年不断，泉水清凉甘洌，传说太上老君曾于此修行。

蚕姑坨，又名姑姑坨，是狼牙山五坨之最，山势险要，风景优美，山上有庙，胜景颇多，据史书记载，此处为燕昭王当年求仙之处。在蚕姑坨半山腰，有一座灵峰院，俗称尼姑圣母院，原有佛殿20余间，现尼姑圣母殿仍保存完好。据碑文记载，灵峰院历史悠久，为五代时所建，此后历代都曾对它进行过修葺，是一座"千年古刹"。三教堂因供奉儒、道、佛三教之祖孔子、老子、如来佛于一堂，形成全国独一无二的"三教文化"，为其增加了深厚的文化底蕴。如今，灵峰院已辟为狼牙山6大旅游景点之一，每天游人如织，蚕姑殿内烟火缭绕。

棋盘坨顶峰巍然矗立着五勇士纪念塔。沿塔内钢梯登上塔顶凉亭，俯瞰群山，千峰竞立，浮云缭绕，狼牙山雄姿尽收眼底。

五勇士纪念塔

宁死不辱战士名

——狼牙山五壮士

"扫荡"来"扫荡"去,不仅没有得到半点收获,反而被八路军和民兵埋设的地雷、陷阱和伏击打死打伤好几百人。

经过一个多月的"扫荡",敌人除了丢下几百具尸体,烧了根据地的一些房子以外,不用说消灭八路军,就连八路军主力部队的影子都没有看到。敌人指挥官大为不满。他们经过研究,认定狼牙山上的八路军是一颗"钉子",对他们威胁极大,因此,决心拔掉这颗令他们头痛的钉子。日本人也知道,这支部队不是别人,正是威震华北、曾经在黄土岭击毙日本名将阿部规秀中将的"邱部队"(因该团团长邱蔚而得名)。说起来很可笑,敌人为了稳定军心,在他们的伪报纸上还捏造了"邱尉被俘"的消息，八路军和当地老百姓知道他们玩的是什么把戏。此时此刻，八路军的这位邱团长正和他们的部分战友及电台站在棋盘坨的巅崖上。所以，敌人不惜组织起偌大的战网来网罗这条凶猛的"鳄鱼"（敌人对第一团团长邱尉的称呼）。

"鳄鱼"没有像敌人那样傻，他带领主力部队，来到京汉线上，留下了他的天线和七连官兵，一溜身，就撤走了。

接受任务

从山上边扯下了一条电话线，山顶上还影影绰绰可以看到天线杆子。那里就是领导机关住过的地方。

9月25日，驻扎在狼牙山周围的界安、龙门庄、北粪山、管头的日寇共计3 500人左右，在飞机、大炮的掩护下，分成九路向狼牙山发起进攻，妄图把"鳄鱼"的部队一网打尽。敌人刚刚出界安城，立即遭到阻击，"呼——呼——轰——"敌人时而听到了前方子弹声，时而在后面挨了揍，时而在队伍中间响起了地雷爆炸声。第一团的留守部队——狼牙山五壮士所在的七连为掩护主力部队和群众转移，奉命与日寇进行了一天的激战，连续打退了敌人十几次进攻。

站在山头，可以看见远处村村着火，处处冒烟，老百姓牵着牲口，背着干粮，妇女们拉着大的抱着小的孩子，一群一群地连续不断地拥到山里来逃难。七连战士看着老乡们转移的情景，个个心情都很沉重，摩拳擦掌，发誓要给敌人以严重杀伤，为群众出气。

杨 成 武

　　福建长汀人。1928年加入中国共产主义青年团。1929年参加闽西农民暴动，并加入中国工农红军，任闽西红军第三路指挥部秘书、宣传队中队长。1930年加入中国共产党。曾任红一军团第四军第三纵队干事，第十二师秘书，连政治委员，教导大队政治委员，红十一师第三十二团政治委员，红二师第四团政治委员，红一师师长兼政治委员。参加了中央革命根据地第一次至第五次反"围剿"作战和二万五千里长征。长征中率部夺取泸定桥，翻雪山过草地，突破天险腊子口，出色地完成了上级交给的前卫任务。抗日战争爆发后，任八路军第一一五师独立团团长，独立第一师师长兼政治委员，晋察冀军区一分区司令员兼政治委员。率部参加平型关战役和百团大战，指挥了著名的黄土岭战斗，击毙日本军"蒙疆驻屯军"最高司令官阿部规秀中将。后任中共晋察冀边区第一地委书记，冀中军区司令员。抗日战争胜利后，任晋察冀军区第一野战军冀中纵队司令员，晋察冀军区第三纵队司令员兼政治委员，晋察冀野战军第二政治委员，中共晋察冀中央局委员。组织指挥了清风店战役、石家庄战役、平汉北段战役等。1948年后任华北野战军第三兵团司令员，第二十兵团司令员。组织指挥了绥远战役，率部参加平津战役。出席了中国人民政治协商会议第一届全体会议。中华人民共和国成立后，任天津警备区司令员，京津卫戍

杨成武将军

区副司令员、司令员。曾任北京市委常委，天津市委常委，中共中央华北局委员。参加了抗美援朝，任中国人民志愿军第二十兵团司令员。率部参加了朝鲜东线的夏、秋季防御战役，获朝鲜民主主义人民共和国一级自由独立勋章和一级战斗英雄功勋荣誉章。1952年后，任华北军区参谋长兼华北军区党委书记，副司令员兼京津卫戍区司令员，北京军区司令员，人民解放军防空军司令员，人民解放军副总参谋长，第一副总参谋长兼军委办公厅主任、代总参谋长，中共中央军委常委、副秘书长，副总参谋长兼福州军区司令员。1955年，被授予上将军衔和一级八一勋章、一级独立自由勋章、一级解放勋章。1983年6月至1988年3月任政协全国委员会副主席。1988年被授予一级红星勋章。是中共第八届候补中央委员，第十一、十二届中央委员；第一、二、三届中华人民共和国国防委员会委员。著有《杨成武回忆录》《杨成武军事文选》等。

这次七连负责掩护狼牙山里隐蔽着的一个后方医院的伤病号及涞源、易县、徐水、满城四个县的政府机关和群众共三四万人。敌人在飞机大炮的掩护下，一次又一次向七连驻地——狼牙山的一个村庄发起最后猛攻。七连掩护群众转移到深山之后，便和敌人兜圈子，扰乱敌军，掩护机关、后勤人员转移，然后再把敌人甩开。七连经过苦战，把"鬼子"打得蒙头转向。

油画作品《狼牙山五壮士》是我国久负盛名的美术家詹建俊先生于20世纪50年代末创作的名画。

马 宝 玉

马宝玉（1920—1941年），蔚县下元皂村人，1937年参加八路军，两年后入党。

1941年9月在易县狼牙山为掩护主力部队和人民群众安全转移，他带领全班4名战士奋勇杀敌，同数千日军巧妙周旋一整天，将敌人引上绝路，胜利完成阻击掩护任务，宁死不屈，毅然跳崖牺牲，年仅21岁。

1920年10月，马宝玉出生在一个贫苦农民家庭。1937年10月，八路军一一五师杨成武独立团在取得平型关大捷后乘胜北上，光复蔚县全境。马宝玉在西合营镇随本县4 000多名热血青年一起参加了革命军队，成为一名光荣的八路军战士。在频繁的战斗中，马宝玉逐渐积累了战斗经验，在文化、政治学习中，初识了文字，懂得了革命道理。

1939年他光荣入党，不久后担任班长。从此他更加严于律己，阶级觉悟不断提高，革命

宁死不辱战士名
——狼牙山五壮士

斗志更加旺盛。

从蔚县城东20公里的西合营镇北上进入黄梅乡，沿着一条乡村小道前行，便来到陈家洼乡下元皂村。这儿就是班长马宝玉的家乡。

远眺下元皂村口，旁边的土崖上巍然屹立着一座雕像。到村口后，沿着单砖铺就的阶梯，拾级而上，来到崖顶，灰砖垒成的"长城"沿着山体蜿蜒伸向远方。"长城"围着一块平坦的坡地，中央矗立着抗日英雄马宝玉的雕像，烈士碑上写着"马宝玉烈士永垂不朽"。

陈家洼乡海拔1 000—1 200米，全乡19个村，人口8 000多，其中下元皂村就有1 500多人，散居在一条狭长地带的土沟里。据村里老人介绍，因下元皂村处于一个狭长的土沟里，村民居住相距较远，儿时只听说过马宝玉，但对他的身世并不十分清楚。但村民们对抗日英雄马宝玉惊天地、泣鬼神的壮举却耳熟能详。

蔚县下元皂村坐落在壶流河畔下游，壶流河水养育了这里的村民，由于上游建起壶流河水库，如今留下的是一条干涸的河床。马宝玉被人们称为从这里走上抗日道路的壶流骄子。

从村口沿着一道狭长的土沟前行200米左右，是下元皂村村委会大院。在村委会院后，有块菜地，这里就是马宝玉家的旧址。1920年马宝玉就出生在这里。

村委会旁边有一眼山泉"井"，名叫"满井"，全村共有4眼这样的泉水"井"。"满井"冬暖夏凉，即使寒冬也不结冰，至今村民生活用水仍来自这里。马宝玉就是喝"满井"水长大的。这也是村里存留下的唯一与童年马宝玉生活有关的实物。

离菜地不远处，是下元皂小学。在学校陈列室的墙壁上，贴满了狼牙山五壮士抗击日寇的图片和各种题词：狼牙山涧成壮志，威震敌胆；易水河源舒正义，万世流芳。这一切会把人们带到烽火连天的"狼牙反扫荡"战斗的回忆中。

马宝玉有个妹妹，名叫马宝英。马宝英曾回忆说，其祖父和父亲在世时，家里有40多亩土地，一头骡子和一辆铁车，家中虽然人口多，但靠爷爷和父亲的勤劳，尽管吃的是粗茶淡饭，穿的是土布衣衫，但凑合着总算不缺吃少穿。

马宝玉10岁那年父亲不幸中年早逝。年过花甲的爷爷强忍白发人送黑发人的悲痛，卖掉骡子和铁车，埋葬了儿子。从此，家里断了顶梁柱，日子每况愈下。两年后，马宝玉母亲溘然长逝，为了办丧事，马宝玉的爷爷再次卖掉20亩地。

马宝玉的塑像矗立在村口西面的高坡上。碑文为："狼牙山五壮士马宝玉烈士永垂不朽，中国人民解放军51052部队敬立，公元1995年9月2日"。

接连遭遇不幸，家里顿时变得缺吃少穿。马宝玉的爷爷不忍心看着兄妹三人活受罪，将10岁的马宝英送到上康庄给人当了童养媳。此后，马宝玉经常抽空去看望年幼的妹妹。

　　马宝玉17岁那年，他72岁的爷爷因病去世。为办爷爷的丧事，他又卖掉十多亩地。之后，为了寻找出路，马宝玉把刚满9岁的弟弟马宝山，连同家里仅剩的十几亩地和几间土坯房托付给叔叔，拔脚去宣化县深井一家点心铺当了学徒。半年后，日寇占领了深井，马宝玉返回下元皂村，但其叔不愿收留他。他在去看望妹妹马宝英时说，听说有打日本鬼子的红军（当时人们称八路军为红军），要是咱这里也有红军就好了。

　　几天后，马宝玉再次看望妹妹，并千叮咛万嘱咐，要妹妹注意身体，要学会自己照顾自己……没想到这竟成了马宝玉和家人的最后诀别。

　　马宝玉参加八路军，不仅家人不知，连许

宁死不辱战士名
——狼牙山五壮士

多村民也不知道。有人说他在蔚县西合营参军，也有人说是在距下元皂村五六里的下利台村参军。

而下元皂村村民得知马宝玉是狼牙山五壮士一事，则是在20世纪70年代末。据马有仁讲，因为村大，居住较分散，马宝玉参军时许多人不知道。马有仁说，有人认为他是山西人，当时部队派人来调查马宝玉的特征，村民们才知道纵身跳崖的抗日英雄、狼牙壮士之首是下元皂村的马宝玉。

1992年4月，共青团蔚县委员会收到一封来自中国儿童少年基金会办公室署名李继光的来信，述说了寻找马宝玉系何方人士的经过。在战争年代很难落实狼牙山五壮士中马宝玉等三位烈士的家乡在哪里。李继光和战友缪永忠，曾是狼牙山五壮士所在部队战士，1976年秋，奉命写《狼牙山五壮士》传记文学。他们在湖南衡阳找到五壮士中生还者葛振林，并得到重要线索：马宝玉大概是河北蔚县人。当时有人说马宝玉是易县人，也有说是容城人，还有说是陕西人……经过千辛万苦地查找，最后在下元皂村获知马宝玉的弟弟马宝山的消息，又通过马宝山找到在沽源生活的马宝英，最终确定了马宝玉的家乡为蔚县下元皂村。

历史不会忘记他们，人民不会忘记他们。马宝玉的家乡蔚县多次开展以"纪念马宝玉烈士，学习马宝玉精神"为主题的系列活动，先后命名了"蔚县马宝玉小学""马宝玉中队"，并为马宝玉烈士塑像（目前在蔚县境内有3座马宝玉烈士雕像），出版了《狼牙壮士马宝玉》一书。

据蔚县马宝玉小学校长介绍，每年新生入学，学校都要开展学习马宝玉活动，"以宝玉精神，办宝玉学校"。

马宝玉是蔚县人民的骄傲，更是张垣大地的骄傲，如同"沂蒙精神"之于山东人那样，"马宝玉精神"应该成为张垣人民的宝贵精神财富。马宝玉和他的战友用生命和鲜血铸就了一座永远的历史丰碑，在中国人民抗战史上谱写了一曲气贯长虹的英雄赞歌。

半夜十二点钟左右，七连的二排集中在山脚下的几间草房子里待命。一直待到凌晨三四点钟，战士们大都困了，有的打开背包躺下来，有的歪躺着就睡着了。突然，二排战士被一阵急促的枪声、手榴弹声震醒了。这时指导员大汗淋漓地闯进草房子，上气不接下气地发布命令：

狼牙山五勇士

"赶快上山，靠近团首长！"

战士们一骨碌爬起来，指导员又喊了声："六班长！"

"有！"六班长马宝玉应声站出来。

"你们班带一个机枪组，顺这条岭占领西边小山头，把敌人火力引过去，掩护一、三排撤退！"

"是！"班长马宝玉爽快地答应。

接着连长向班长交代："要多坚持一会儿，让后面和上面（指团的机关）撤走……"

一场严峻的战斗在考验着六班。

团首长和七连大部分战友在夜幕掩护下走远了，二班奉命守北山脚的阵地也离去了。

狼牙山主峰棋盘坨上只剩下六班的五位同志（六班留下来原有九名战士，这次三名伤员和一名病号随主力转移走了）：班长、共产党员马宝玉，副班长、共产党员葛振林，战士宋学义、胡德林和胡福才。他们年龄都在25岁左右，血气方刚，在历次战斗中表现得都十分英勇。这次，他们欣然接受了掩护主力转移的任务。宋学义拿出一张发黄的纸，用铅笔这样写道："鬼子杀死了我们无数的父老姐妹，今天我们要以血还血，为了团首长和战友、乡亲们的安全，我要英勇战斗，不怕牺牲……"此时，五位八路军战士把打鬼子当作最光荣的任务，决心与日寇决一死战。

五位战士趁着朦胧的月色，抓紧时间把团部留下的几箱手榴弹捆作一束一束的，像埋地雷似的从山脚一直埋到半山腰。

在班长马宝玉的指挥下，大伙分头埋伏在"阎王鼻子""小鬼儿"脸等险要处。班长把胡德林派到正面一个石缝子里放哨，又招呼葛振林绕山走了一圈，查看地形。这地方离主峰棋盘坨不远，是一连串的三个小山包，正面是他们来的地方——一个小山脚，弯弯曲曲地伸开去，背后和两侧是陡陡的山坡，下去就是望不见底的立陡的悬崖。山上有草有树，隐蔽几个人是看不见的。

五位战士手握钢枪，警惕地注视着敌人即将出现的方向。他们每个人都在心里默默念着团首长临别时的嘱咐："同志们，狼牙山就交给你们了！主力能否安全地跳出敌人的包围圈，全看你们能否把敌人死死地困在棋盘坨上。你们要想尽一切办法，把敌人拖住，明天十二点钟以前，不准敌人越过棋盘坨，你们一定要很好地利用狼牙山的险要地形，以及你们的勇敢和智慧，把三者很好地结合起来。这样，你们一个人就能够抵挡住一百个甚至更多的敌人，保证主力和群众能安全地跳出敌人的包围圈！"

副班长葛振林巡逻一圈之后，凑到马宝玉身边，他们一起分析形势，葛振林对马宝玉说："这个方圆40多公里的狼牙山，每一条小道、每一块石头、每一棵树，咱们都了如指掌。一个月前，为粉碎敌人的"扫荡"，大伙曾经走遍了狼牙山的每一个角落，翻山越岭，跳沟越涧，爬过山羊也难上去的'天梯'，跨过飞架万丈深涧的'仙人桥'，攀登过很少有人上去过的'阎王鼻子''小鬼儿脸'。眼下，咱们可以利用这些有利条件，同敌人较量。"马宝玉兴奋地说："说得好，这回就让日本鬼子尝尝厉害，他们就是铁打的脑袋，也要砸他个稀巴烂。"两个人心想到一起，情不自禁地把双手握在一起，相互间充满信任感，也增加了胜利信心。

棋盘坨

秋天的夜晚，山风嗖嗖地吹着，五位战士咬着牙抵御着寒冷，谁都无困意。

他们从山上看到远处被焚烧的村庄闪着火光，联想到白天所见到逃难群众流离失所的凄惨景象：老人们肩上背着铺盖，妇女们怀里搂着孩子，树棵上拴着小牛，小锅支在石头上……逃难的景象老是在他们眼前晃动。再加上秋风吹落树叶，山沟里哗哗的流水声，弄得每个人心里都十分难受，个个义愤填膺，发誓要在即将打响的战斗中狠狠教训日本鬼子。

狼牙山间成壮志威震

敌胆 易水河源舒正义

万世流芳

杨成武

杨成武题词

对敌人来说，黑夜和死亡几乎成了同义词，山坡下一点动静都没有，后半夜敌人没敢轻举妄动。

鬼子进攻

天刚麻麻亮，狼牙山下就响起了枪声。

大约有五六百敌人，东一堆，西一簇，像狼群似

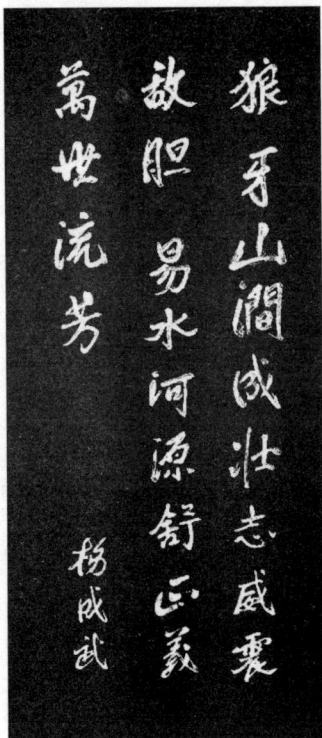

1938年4月，八路军第一二九师及友军一部在晋东南粉碎30 000余名日军的九路围攻，歼灭日军4 000余人，收复县城18座。图为八路军在进行战前动员。

的，满山号叫，并向棋盘坨运动着。

马宝玉一声断喝："鬼子来啦，准备好！"

大伙揭开手榴弹盖，把子弹推上了枪膛，目不转睛地盯着山下的敌人。

突然，天崩地裂般的一声巨响，紧接着又响起连续的爆炸声，烟尘四起，走在前面的日本兵随着硝烟飞上了天，顷刻间，便躺倒一大片。原来是昨晚埋下的手榴弹炸响了。

硝烟过后，山下的敌人猫着腰向山上爬，当距五位战士二三十米的时候，班长高高举起手榴弹，大喊一声"打!"五个人的手榴弹一齐飞进敌群里。手榴弹带着战士们的满腔怒火，在敌群里纷纷爆炸着。敌人第一次进攻被打退了。

这一仗，战士们觉得打得非常过瘾。这会儿歇下来，他们却都觉得又饿又渴，胡福才身上唯一的水壶被打了一个洞，大伙渴得要命。正巧山地里有些散种的萝卜，谁也顾不得了，一边拔个吃着，一边检查武器。

敌人吃了亏，不敢横冲直撞，战战兢兢地向上爬着，好像走在火海里，好像走在刀山上，好像狼牙山的每块石头都变成了锋利的牙齿，要把这些侵略者咬碎、撕碎。鬼子刚把头探出来，又很快地缩回去。他们每走一步，都要瞪着鼠眼朝山上搜索一阵，然后再朝上爬。山坡上，每一个枪口，每一颗手榴弹，都蕴藏着仇恨的烈火，在等待着他们。

敌人爬到半山腰时，便用山炮、机关枪一齐射向山头，打得碎石、弹片横飞，

山下到处烧起熊熊大火。

平时性子急、做事有点毛躁，被同志们开玩笑地叫作"毛高"的马宝玉，这时却显得十分沉着、镇定。他从容地咬了口萝卜，对葛振林说："老葛，你去看看。"葛振林把萝卜屁股一扔，三脚两步跑到胡德林放哨的石缝里面，往外一看，敌人正顺着他们来的山路往山上使劲地爬呢！前面是一群伪军，头里几个还化了装，穿着八路军的衣服。后面是一大队鬼子，手持明晃晃的刺刀，手里还摇着小太阳旗子。

鬼子兵哇啦哇啦直叫："投降！优待优待的……"伪军们边爬边咋呼："八路缴枪！八路缴枪不杀！"

狼牙山五壮士幸存者葛振林（中）、宋学义（左）

　　葛振林连忙跑回去对马宝玉说："鬼子上来了，不少呢！"马宝玉让葛振林埋伏好，以极低的声音传达命令，让大伙等待时机，不要露声色。五个人屏着呼吸，就等班长下达射击命令了。五双眼睛看着敌人接近他们几十步远的地方，马宝玉爬起半截身子，"是时候了！"大吼一声，"打！"把手榴弹猛地投了出去。紧接着，五个人的手榴弹又一齐扔进敌群里，手榴弹带着仇恨的怒火，接二连三地炸开了。前面的敌人随着炸开的手榴弹嗷嗷叫着，叽里咕噜滚下山去，把后面的撞翻了好几个，一片鬼哭狼嚎声。

　　敌人往后一撤，山下的炮火就往小山头上砸过来，迫击炮、掷弹筒，打得分不清点儿，震得耳朵嗡嗡响。

葛振林和胡福才一闪身躲进一个石缝里。葛振林放开嗓子喊了声："班长马宝玉！""哎，我在这儿。"马宝玉回答。

接着另两个人也都应了声，他们也都钻进了石缝里，没伤着。这些天然的大石缝子真好，口小底大，比挖的工事还管用。

一阵炮火过后，敌人拼命朝山上冲来，有时是右边，有时是正面，有时是从几个方向一起来。但山上有五位八路军勇士，要上来是困难的。葛振林是第一次经历这样的战斗，在山腰打的那阵，心里有点慌，打了一会儿倒一点也不怕了。打一阵子枪，扔一阵子手榴弹。他们脑海里只有一个信念：把鬼子全部消灭光。狼牙山在火光中抖动，狼牙山在怒吼！让鬼子在狼牙山面前发抖吧！

五位勇士一口气打退敌人九次冲锋，而他们五个人一个也没有少，连个挂彩的也没有。真是奇迹。

敌人第十次冲锋开始了，炮火更猛，劈头盖脸地向"阎王鼻子""小鬼儿脸"上倾泻下来，顷刻间，浓烟弥漫，响声震耳，碎石横飞，整个棋盘坨在抖动，在咆哮。宋学义卧倒在地上，浑身是土，草烟熏得眼睛直淌眼泪，像谁给迎面扬了一把细沙子，根本睁不开眼。他伸手摸摸有谁在自己的身边，结果一个也没有摸到，心里顿时紧张、担忧："他们会怎么样？"炮火一停，他就大声喊："班长？班副？"

马宝玉回答："我在这儿，没事。"

"我也没有死。"葛振林也喊了起来。

宋学义听到回声，强睁开眼睛一看，大伙都在，他笑了。

葛振林睁开眼睛，看着身边的胡德林、胡福才，他们脸黑得像个小鬼，只露出通红的两只眼睛和一排白牙，怪可笑的。要是在平时看到这个样子，一定要彼此开开玩笑，但这回谁也笑不出来。

胡德林向葛振林看了一眼，忙推他一把："班副，

着了！"葛振林一看，才发现自己新棉袄的肩背上都冒起了火苗，他连扣子也顾不得解，使劲一撕，脱了下来，把棉袄扔下山，扔出手的时候，葛振林还有点心疼，因为棉袄里面还有几毛钱的津贴呢。

马宝玉还在监视着敌人的动静。胡德林和胡福才抖掉身上的泥土，开始争论阵地上落下多少炮弹。

胡德林说："有一百多发。"

胡福才争辩道："最少也有二百多发……"

葛振林一面摆弄着手榴弹，一面气呼呼地说道："想叫咱死，可没有那么容易。我还要亲眼看着鬼子投降，亲眼看看社会主义和共产主义呢！"他的话音还没有落，敌人的进攻又开始了。

宁死不辱战士名

狼牙山五壮士

引敌上山

按照事先拟定的作战方案，要拖住敌人，尽可能多地消磨时间。

"嗵——啪——"四支套筒和一支三八枪在响着。

枪吐出勇敢的花朵，把拉网的敌人都吸引到五个人的周围来了。

"嗵——嗒嗒——嗵嗵嗒嗒嗒——"敌人的掷弹筒和机枪向五个人伸出长长的火舌。

马宝玉没有多说话，沉着地指挥："跟我来。"他领着几个人趁着硝烟弥漫，一边打一边向山上转移，一边用冷枪杀伤敌人，吸引敌人往陡坡上爬。

马宝玉说："宋学义，你先走。"

宋学义回答："不，你先走，班长。"

马宝玉急了，大声命令宋学义："让你先走，你就先走，我比你走得快。"马宝玉回过身子把宋学义推到他

前面。五个人当中宋学义个子最矮。

马宝玉平时十分关心同志，别人遇到困难，就像是他自己的困难，一定想尽办法帮助解决，有了好事总是让给别人。这次他又坚决主动地留在最后边掩护其他同志撤退。正因为他对人诚实、热心，遇事先人后己、乐于奉献，获得了全连同志的尊敬和爱戴，并被选为党的小组长。

"胡福才跟着胡德林，向上爬，走这条路。"马宝玉大声指挥着。

路是什么样的呢？一句话，不是深崖绝壁，就是能借着荆条草根攀爬的山路。在这条路上，日本人的皮靴还没站稳，就有八个"皇军"摔下崖去了，没等到我们五位勇士的子弹赶上去迎接他们。

宁死不辱战士名
——狼牙山五壮士

狼牙山五勇士陈列馆

1993年5月，狼牙山旅游区被河北省人民政府命名为省级爱国主义教育基地，每年前来接受爱国主义教育的党员、团员、军人、学生等络绎不绝。尤其是"七一""十一"期间，由当年的老党员、老八路所作的专题报告更是吸引游客驻足倾听。

于2001年落成的由杨成武将军亲笔题写的狼牙山五勇士陈列馆，占地面积816平方米，建筑面积1 300平方米，馆内设有图片、历史资料、抗战文物、战斗场景等四个展厅，生动再现了我抗日军民在党的领导下，抗击日寇、保家卫国的英雄业绩和悲壮历史，也进一步揭示了日寇在我根据地犯下的滔天罪行。陈列馆已于2001年5月进入运营阶段，从而成为狼牙山爱国主义教育基地又一革命传统教育场所。

我们的五位勇士，在敌人的炮火下，且战且退，终于爬上了棋盘坨。他们爬得似乎很轻松，就像几年前他们在家里上山去割草一样。

五位勇士刚刚转移走，天上就飞来了三架敌机，朝着他们原来的阵地用机关枪扫射，用炸弹炸，半人深的山草被炮弹打着了，浓烟滚滚。飞机过后，敌人乘势朝山头爬来。五位勇士利用险要地形，还是一边打一边往山顶上撤。"啪——嗵嗵嗵——啪——"五支枪在断断续续地抵抗。

"同志们！"葛振林用着他曲阳土话喊着，"情况紧急，敌人都跟着上来了，坚决抵抗呀，完成任务呀！""对，完——成——任务，咱们坚决完成……"胡德林用年轻人的嗓音回答着，一枪又打倒了一个敌人。

葛振林高兴地对马宝玉说："这回敌人的牛鼻子被我们牵住了，就得由我们摆布了！"

马宝玉斩钉截铁地说："对！把'鬼子'引到棋盘坨再狠狠地揍！"

五个人节节向坨顶撤。

"嗒嗒嗒——"火舌跟着。

五位勇士立刻停止脚步，分散隐蔽起来，做好痛击顽敌的准备。

岿然不动

　　敌人又"嗷嗷"叫着冲上来，他们的机枪、步枪、手榴弹、掷弹筒一齐投射过来，炸得满山石头乱飞，像下雹子一样。胡福才有点沉不住气了，想冲出去，被马宝玉一把拉住，轻声嘱咐道："别怕，这是敌人瞎咋呼。"

别看敌人叫得挺凶，走起路来却像蚂蚁爬，一步三摇，你推我搡，都怕子弹落在自己的头上。敌人快爬到五位勇士脚底下的时候，马宝玉站起来，大喊一声："打！"话音未落，一排子弹打了出去，敌人躺倒了一大片，由于山坡很陡，两边又是万丈深沟，敌人眼看着只能等着挨打，只得狼狈撤退。

太阳刚刚偏西，昨天走了一天路，少说也有几百里，今天又苦战到这个时候，滴水未进，粒米未吃，五勇士个个肚子饿，口里渴，烟呛火烤，连呼出的气都觉得烫人。

胡德林顺手薅了一把草，把泥土放在嘴边。胡福才看此情景喊道："德林，再饿也不能吃呀。"胡德林嘴唇裂了一道道血口，笑着回答："我不吃，只是闻闻湿土味，能好受一些。福才，你也试试。"

1941年9月25日,八路军班长马宝玉、副班长葛振林和战士胡德林、胡福才、宋学义5人奉命掩护主力和地方干部群众突围,在棋盘坨与日寇2500之众激战5小时击退四次冲锋,最后弹药尽绝英勇跳崖,马宝玉、胡德林、胡福才壮烈牺牲。
五勇士永垂丰碑永存!
中共易县县委2000年7月志

"嗒嗒嗒嗒——"机枪在咆哮,敌人退下去以后,又重新组织力量。别看鬼子有武士道精神,咋咋呼呼,好像很顽强,但到了节骨眼儿上,谁也不想让自己去送死。这一回,他们用机枪逼着伪军打头阵,鬼子们缩头缩脑地跟在后面。

马宝玉看到这种情况,就告诉大伙:"你们看,鬼子学猾了,想拿伪军来挡枪子。"他命令葛振林几个人对伪军喊话,不要给敌人卖命。他们一面喊话,一面鸣枪警告,伪军们有的被打掉了帽子,有的耳朵上穿了个窟窿,有的被打掉了枪……弄得伪军个个惊慌失措,再也不敢向前了。

这五位八路军勇士专打日本鬼子。指挥官也有些动摇了，督战劲头大减。趁这工夫，他们几个人又是枪击，又是扔手榴弹，并做出要出击的样子。伪军见此情景，一声呐喊："八路军冲下来了……"便一窝蜂似的退了下去。

下午3点多钟，敌人始终未前进一步，反而在崎岖的山坡上横七竖八地丢弃了许多尸体。他们在下面乱喊乱叫，层层责罚下级：大队长骂小队长，军官打士兵，鬼子训汉奸，叽里呱啦，搅得一塌糊涂。

敌人弄不清楚山上究竟有多少兵力，他们已经吃了不少亏，这时更加狡猾，再也不敢横冲直撞了，一会儿用机枪扫射，一会儿用炮轰，一会儿又一小股一小股地试探着轮番冲击。敌人这样做，主要有一个企

宁死不辱战士名

——狼牙山五壮士

图，是想寻找一
条攀上棋盘坨的
道路。他们一直
以为八路军晋察
冀一军分区杨成
武部的指挥所就
在棋盘坨上。

此时此刻，
敌人还蒙在鼓里，
他们根本不知道
通往顶峰的路只
有五位八路军扼
守着！

马宝玉伏在阵地的前沿处，观察着敌人的动作。
他吩咐同志们用树杈、岩石做依托，不要浪费弹药，
等敌人上来靠近了再打。

马宝玉平稳地举起枪，瞄着日本兵，扣动了扳机，
他的枪法非常准，"啪！啪！"一枪一个敌人，几乎没
有落空的。

葛振林藏身在阵地的另一侧，他每向敌人射出一
颗子弹，都要大吼一声，好像那细小的枪口发泄不出
他满腔的怒火。

胡德林和胡福才两个人也相继开火，配合着马宝玉、葛振林的射击，构成了一张置敌人于死地的火力网，打得敌人滚作一团，死的死，伤的伤，几分钟后敌人又发出凌乱的还击。

　　宋学义瞪大眼睛，瞅准机会，不时地用手榴弹消灭成群上来的日本兵。

　　坡下的敌人拼命嘶叫，摇晃着日本旗，挥舞着洋刀，嚷叫着，拥挤着，又向山上冲来。

　　突然一颗子弹把马宝玉打倒了。葛振林跑上去一把把班长扶起来，只见马宝玉满脸是血，原来头皮被子弹划了一条口子。另外三位同志也围过来，大伙七手八脚地把班长的伤口包扎好。"真危险，班长捡了一条命！"葛振林说道。马宝玉却无所谓地说："我脑壳硬，子弹也打不透，大伙准备还击。"

宁死不辱战士名

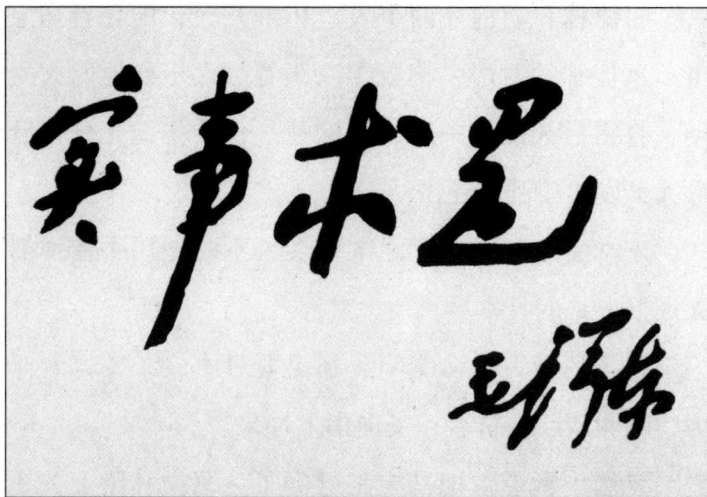

> 在抗战时期形成的以艰苦奋斗、实事求是、为人民服务为主要内容的延安精神是中国人民的宝贵精神财富。

"瞄准！"马宝玉命令，"放！"一个在草里刚抬起头的鬼子滚下山去了。

"呀——"三十多个敌人从一百米处冲上来了。

"优待优待的——优待的……"日军哇啦哇啦地叫着。

班长马宝玉大喊："优待你一个手榴弹！"

大家都掷下手榴弹，轰——轰——轰——

"皇军"们习惯于打滚，一翻身就下去了。血染红了山坡。

五名勇士在奋力地还击着，并继续往坡上爬。快到棋盘坨顶峰不远的地方，马宝玉和葛振林研究，决定利用这里的地形再狠狠揍敌人一顿。

　　葛振林、胡德林、宋学义三人占领左边的岩石，班长带着胡福才占领右边的岩石，把一条通往顶峰的绝路封锁住了。

　　五个人把手榴弹盖打开，正等待着敌人冲上来，趴在岩石边一看，离他们不远的山坡上有一百多个敌人，其中有一个指挥官，把日本旗插在地上，又将一块大红布铺在地上，还点了一堆火。

　　宋学义问班长："这是干什么？"

　　马宝玉说："山坡的敌人指示飞机来侦察山头上有多少八路军。"

　　不一会儿来了两架飞机，在五位勇士头上打了四五个圈圈，大概什么也没有发现，就飞走了。

解放后葛振林与宋学义合影

宁死不辱战士名
——狼牙山五壮士

过了片刻，敌人指挥官挥舞着指挥刀，指挥着一百多人向山上冲锋。

山路狭窄，敌人只能一个跟着一个，成一字长蛇阵向山上冲来。五位勇士凭借奇峰怪石和居高临下的地势，一起向敌人投出手榴弹，十几个敌人在这条绝路上无法躲避，在手榴弹的爆炸声中丧了命。

打完这次敌人冲锋后，班长马宝玉看太阳还有一竿子高，想到：能不能顶过这最后一个小时？如何顶过这一个小时成了他们面临的最尖锐问题。

班长马宝玉在考虑着，他想：日本帝国主义是中华民族的死敌，他要亡我国家，灭我种族，杀害我父母，淫我母妻姊妹，烧我们的庄稼、房屋，毁我们的耕具、牲口。为了民族，为了国家，为了子孙，为了转移的首长和乡亲们、战友们，一定要战

斗到天黑。想到这里，马宝玉忙开口问葛振林："情况紧急，任务艰巨，有什么想法？"葛振林坚定地对马宝玉说："班长，我在战前已给父母大人写下了遗言，准备与日寇决战到底，为保卫祖国流尽最后一滴血，我们一定能完成任务，请班长放心。"马宝玉用响亮的声音对大伙说："同志们，我们一定要坚持到天黑。"

敌人对山上发动了全天以来最猛烈的进攻。轻重机枪像狂风一样吼叫起来。马宝玉命令大伙不还击，看看敌人还玩什么花样。

敌人以为山坡上的八路军受到重创，无力还击了，指挥官命令十几个日军、伪军往山上冲，三十米，二十米，十米，马宝玉大喊："冲啊！"五个人

宁死不辱战士名
——狼牙山五壮士

跃出石缝，与十几个敌人展开了肉搏战。马宝玉第一个冲上前去照着敌人的喉咙猛刺，敌人惨叫着倒下去。一个鬼子从地上爬起来向葛振林身边扑去，葛振林手疾眼快，端着刺刀，一个箭步蹿上去，一刀刺进敌人的肋骨，敌人惨叫一声不动了。葛振林向身旁俩日寇前刺后挑。俗话说："一狗好挡，两狗难防。"宋学义一看葛振林危险，大喊："班副，小心！"纵身来到葛振林一边，照一个鬼子后身就是一刺，解了葛振林的围。马宝玉越杀越勇，逼得鬼子只有招架之功，毫无还手之力。拼了几个回合，激得一高个子鬼子兽性大发，咬着大板牙，从鼻孔喷出"唔——"的怪声，用尽全身力气刺过来，另一个鬼子向马宝玉的后背凶狠刺去。说时迟，那时快，

只见马宝玉身子一伏，就地一滚，"好！"鬼子的两把刺刀同时刺进对方的胸膛。五位勇士看到这一场景，不禁为之喝彩。鬼子们被惊呆了。

不到五分钟的工夫，五位勇士就结束了这场动人心弦的战斗。

剩下几个鬼子，掉头就往山下跑。

马宝玉左右一看，"撤！"一声命令，几个人又回到山缝后。

太阳已经下山了，天色逐渐昏暗。马宝玉对大伙说："我们已经完全暴露了目标，而且胜利完成了任务。""走。"五位勇士互相招呼着，开始撤退。

把敌人引上绝壁

　　刚刚迈出两步，马宝玉忽然又停住了。他望望棋盘坨的顶峰，又望望主力转移的路。摆在他们面前有两条路：一条是主力转移的路线，走这条路，可以很快回到首长和战友们的身边。可是敌人就在身后，他们走到哪里，敌人就会跟到哪里，而且肯定会追赶不放。这样一来，就会威胁到主力部队的安全，一天的战果将前功尽弃。另一条路是通往棋盘坨顶峰的路。顶峰上，三面都是悬崖，那是一条绝路。

　　马宝玉回过头来望着战友们，他没有开口说什么，

四位战友也意识到班长是在征求他们的意见。

大家不约而同地指着通往棋盘坨顶峰的那条路，坚定地说："走！"

五位勇士心中只有一个愿望，那就是宁可牺牲自己，也不能让敌人发现自己的主力部队。他们有意识地再次把自己的行动暴露给敌人。

狼牙山五勇士纪念塔

——宁死不辱战士名
——狼牙山五壮士

狼牙山五勇士纪念塔

为继承和发扬五勇士的英雄业绩，1959年易县人民重修纪念塔（1942年1月首次修建的纪念塔于1943年秋季大"扫荡"中毁于日军炮火），聂荣臻亲自题写了"狼牙山五勇士纪念塔"的塔名。在党和政府的关怀下，1986年第三次修建了狼牙山五勇士纪念塔。新塔呈乳黄色，全部是钢筋混凝土结构，占地69平方米，底座直径3.06米，高21.5米，塔身5层，呈正五边形，塔顶设凉亭式黄琉璃瓦塔帽，塔身正面（南面）嵌有聂荣臻题写的"狼牙山五勇士纪念塔"9个金黄色大字。五勇士浮雕像镶嵌在与塔底同高的一面汉白玉旗上。与塔底层相连，向东有一碑廊，碑廊东端是一碑亭，亭内有一个六棱大理石碑，碑上刻有彭真、聂荣臻、杨成武、刘澜涛、陈正湘、史进前等12位领导人的题词，纪念塔周围还有浇筑的栏板、牌房和围墙。

五位勇士抓住身边的树枝，踏着凸出的岩石，向顶峰爬去。

敌人又一次发现了目标，紧紧尾追。胡福才刚好爬到一山凹处，回头一瞧，可乐了，对身后的班长说："班长，这些傻瓜全跟上来了！嘿！龟孙子可上了俺们的当啦！"说完，身子往右一躲，端起枪"砰"的一声把一个日本兵打翻到悬崖下。

五位勇士回过身来，依托着岩石和树木向尾随过来的敌人射击。有的敌人中弹滚了下去，有的踏落石头坠入深谷。敌人每追一步，都要留下尸体和血污。

夜，终于降临了。五位勇士登上了棋盘坨的顶峰，他们望着西下的太阳，精神抖擞，忘记了饥饿和干渴。每个人把袖管挽得高高的，把鞋带扎得紧紧的，枪上都上好枪刀，看样子就像要下山的猛虎。

　　敌人被打得人心惶惶，可是又不肯就此罢休，像疯狗似的追上来，勇士们再没有地方可退了。

　　马宝玉扣动了扳机，才发现子弹不知什么时候已经打完了。葛振林的枪膛里也是空的。

　　"班长，我也没有子弹了，手榴弹也没有了。"胡德林喊着。

　　"班长，我也啥都没有了。"宋学义也在喊。

　　"班长，我还有一颗手榴弹。"胡福才说。

　　胡福才把手榴弹高高举过头，想向敌人投去，被马宝玉抢先一步抓到了手里，手榴弹被手握得太紧了，木柄热乎乎的。

　　五勇士跳崖后，班长马宝玉、战士胡福才、胡德林为国捐躯，壮烈牺牲。副班长葛振林、战士宋学义被树枝挂住幸免于难。图为幸存的两位同志伤好后归队的照片。

马宝玉望着前面的青天，隐隐约约看见坡顶上有一朵小红花在秋风里摇曳。马宝玉的内心在斗争着："这最后的一响爆炸是给敌人，还是给现在都齐集跟前用灼热的眼睛望着自己的战友们？"

山坡下有一个不怕死的鬼子的头在伸探。

"轰——"惊天动地的声响从马宝玉的手里摔下去。五双眼睛在交换，五颗红心在奏着一个节拍，燃烧过的枪支紧握在每个人手里。

宁死不当俘虏

敌人扑上来了。那一张张鬼脸看得清清楚楚。葛振林一急，不知哪儿来的那么一股劲，搬起一块大石头，举过头顶，向窜在最前面的一个日本兵砸去。四五个敌人像猪一样号叫着滚入深谷。

又一块大石头从山顶滚了下去，把敌人砸得呲哇乱叫。一块一块石头落在他们的头上，日本兵立刻像被击中的乌鸦，飘飘摇摇地掉进万丈深渊。

"好啊，砸呀！"胡福才高兴地大声呼叫。大伙儿纷纷搬起石头，狠命向敌群砸去。石头撞击着日本兵，日本兵夹杂着石头，稀里哗啦地滚了下去。

十几分钟之后，敌人清醒过来，指挥官督战的洋刀在敌人队伍中闪着寒光，几十个敌人又蜂拥而上。马宝玉机灵地从地上拣起冒烟的手榴弹，猛地站了起来。葛振林、宋学义、胡德林和胡福才明白已到了生死关头，一起向马宝玉靠拢，异口同声地喊道："我们同生死，共患难。"闭上眼睛，等待着那个壮烈的时刻。马宝玉一咬牙，冲出几步，把带响的手榴弹甩到敌群里。"轰——"又一声巨响，惊天动地。

马宝玉转过身，叫了声："上崖！"第一个往崖上跑。葛振林也跟了上去。马宝玉抓住葛振林的肩膀，激动地说："老葛，我们牺牲了，有价值……共产党员无论如何不能当俘虏！"他又把其他三位同志叫过来说："我们一起战斗过4年，出生入死，以前对你们照顾不够，这次战斗证明你们三个人都可以做一名光荣的共产党员。将来如果同志们能找到我的尸体，他们会在我的衣袋里发现我和葛振林介绍你们入党的信。

狼牙山人民为纪念五壮士，特在狼牙山顶峰棋盘坨上修建了雄伟的纪念塔。

现在就让我们都用实际行动，表示我们对党的无限忠诚吧！"说完，马宝玉和葛振林立即在自己的小日记本上写上他们俩同意介绍他们三人入党的信。宋学义从内衣里掏出事先写好的入党申请书，申请书血迹斑斑。宋学义负了伤，伤口在流血。宋学义把申请书递给马宝玉，马宝玉把带血的入党申请书夹入小本子里。他亲眼看到了胡德林、胡福才和宋学义三人在战斗中的英勇表现，亲眼看到他们用自己的实际行动填写了一份合格的入党申请书。

敌人紧紧地向五位勇士逼近了。一个共同的声音在他们五个人的心里响着：我们是受压迫的劳动人民，我们参加共产党的八路军，是为了打败日本帝国主义，解放全中国的人民。我们宁可为民族解放事业战斗牺牲，绝不能活着当俘虏。

马宝玉举起他那支从敌人手中夺来的三八大盖说："砸吧！同志们！不能把武器留给敌人。"

枪虽然是他们最心爱的东西，但事到临头，他们只得把它砸碎，甩到深谷里。

马宝玉把枪砸成两截往大沟一撇，那支崭新的三八大盖"嗡"的声飞到山沟里去了，真叫人心痛。接着马宝玉看了葛振林一眼，转身就往一块光崖上跑过去。葛振林心里明白了，连忙抡起枪往石头上一摔，没摔烂，也随手甩下沟去。

大伙把枪都砸了，走到悬崖边上。身后，狼牙山像巨人一样耸立着。在这座山上，他们送别过亲密的战友，欢迎过新来的同志，无数次地打击过日本强盗。远处，易水河闪耀着皎洁的白光。在易水河里，五位勇士洗过澡，用河水煮过饭，在河岸上阻击过日本兵。眼下，就要与这山山水水告别了。宋学义在心里默默

地说："永别了，亲爱的祖国，亲爱的党！永别了，亲爱的战友，亲爱的母亲。我们完成了党和祖国人民交付给我们的任务，我们把敌人拖住了。"

敌人冲上来了，离五位勇士只有几十步，敌人乱喊乱叫："抓活的！抓活的！"

胡福才脱口而说："别想好事，让你们连根毫毛都抓不着。"

面对悬崖，五位勇士表现得异常坚定、从容。马宝玉走在前，他正了正军帽，擦了把脸上的血迹，拉了拉衣襟，然后，像每次发起冲锋一样，大喊一声："同志们！跟我来！"第一个纵身飞向深谷。

"跟我来——跟我来——"这亢奋的呼唤，掠过群峰，在苍穹下回荡。

紧接着，葛振林高呼着："共产党万岁！打倒日本帝国主义！"

宁死不辱战士名
——狼牙山五壮士

一个箭步也跳了下去。

随后，宋学义、胡德林、胡福才也一齐跳下悬崖。

狼牙山，披着夕阳的余晖，默默地肃立着，向宁死不屈舍身跳崖的八路军英雄致敬！

敌人终于"占领"了那块凹地和棋盘坨。风在吼，蓑草萋萋。

崖边的日军都惊呆失色了。

"五个的?五个的五个的!"翻译官向日本兵和伪军们叫喊起来，"八路军真坚强啊，摔死不投降!"

"我们是个什么东西呢?老乡们"，伪军们手指着崖下，哭了，"这才是中国人哪！我们不是人……"

寂寞的夕阳洒在血的山坡上。

死 里 逃 生

马宝玉的白衬衣在崖上一闪——他跳了下去。葛振林纵身第二个跳了下去，耳边呼呼生风，身子挨到树，手不由自主地乱抓，左抓一把，右抓一把，手被树权划了一道道血口。抓空了，"噔噔"地往下滚。"嗵"的一声一撞，脸朝山，屁股朝沟，停住了。葛振林知道自己没有摔到底，还活着。但他浑身没有劲，一动不能动。

"唰——唰——唰"人头般大的石块顺着他们下来的山崖不断地往下滚，"嗵——嗵——嗵"摔下崖去了。幸好一块也没有砸到葛振林身上。葛振林听到敌人的声音，那声音离他不过半里来路，很清楚。日本鬼子在哇啦哇啦地说什么，只听一个伪军在说："这些八路真有种，死也不缴枪！"不一会儿，山沟里又响起了一阵枪声，子弹嗖嗖地从葛振林头上飞过去。敌人没有发现他。葛振林意识到，一旦敌人发现自己，干脆就一挪动，宁可摔下去，粉身碎骨，也不让敌人抓到活的。

敌人在五位勇士坚守过的阵地上打了一阵枪，放

1938年7月，在八路军一部挺进冀东的有利形势下，中国共产党冀热边特委发动冀东工农20万人举行抗日武装暴动，组成7万人的抗日联军。图为冀东抗日联军一部。

　　1938年3月，八路军第一二九师一部在响堂铺伏击日军，歼敌400余人，击毁汽车180辆。图为八路军第一二九师一部向敌射击。

了一会儿炮就没有动静了。

　　葛振林试探着抬起头，从树杈里往前看去，原来身子正在大沟的半山腰里，再往下不远，就是立陡的悬崖。真巧，葛振林被一块大石头和几棵小树拦住了。要是再偏一厘米，别说活，哪怕是连骨头也剩不下啦。

　　葛振林往上看看，离跳崖的地方约有不到一里地。再看看自己，衣服到处是豁口，血从破衣服缝里流出来，也说不清是伤着什么地方了。最疼的是腰，他觉得伤得不轻。

　　葛振林想："我不能老待在这里，日本鬼子还没有消灭掉，我就要活下去。"于是他决定往山上爬。当时他还有股急劲，忍着疼痛，翻过身来，一点一点往山上爬。别看滚下来时容易，再往上爬就困难多了。再爬一步都要停下来，揪住一棵小树或者一块石头，咬咬牙，攒攒劲，再爬上一步。爬了好大一会儿，还不到一半。

葛振林正吃力爬着，忽然听到不远处草叶子、石块"哗啦"一响，他一愣，连忙靠在一块石头旁，往外一看，只见不远处一个人在动，好像是宋学义。葛振林小声喊了声：

"宋学义！"

河南沁阳市宋学义中学的新生们认真听老师讲英雄事迹。以狼牙山五壮士之一的宋学义命名的这所中学，以追忆英雄事迹的爱国主义教育开启新生入学的第一课。

宋 学 义

宋学义（1918—1971年），河南省沁阳市北孔村人。他出身佃农，从小过着牛马不如的悲惨生活。1939年，宋学义在讨饭途中参加抗日游击队，后编入晋察冀一分区一团七连当战士。1941年，宋学义加入中国共产党。

五位勇士跳崖后，宋学义幸运地被悬崖壁上的小树和石头卡住了，后被人救起。经后方医院抢救得以生还。战斗结束后，分区司令员杨成武代表聂荣臻将军授予宋学义"英勇顽强"抗日壮士勋章。

1944年秋天，宋学义转业到了河北省易县北管头村落户。1947年7月，宋学义和爱人几经辗转，回到了自己的家乡——沁阳县王曲乡北孔村。

刚回到家乡的宋学义没有房子住，在左邻右舍的帮助下，收集了一些残椽旧瓦，盖了个能遮风避雨的房子。到20世纪50年代初，宋学义家依然家徒四壁。

村里的老老少少，谁也不知道他们身边的宋学义就是赫赫有名的抗日英雄。一次，他的儿子宋大保在学习语文课本上的《狼牙山五壮士》一文时，发现叫宋学义的战士和父亲同名同姓，就回家问他是不是课本上说的宋学义，他摇摇头说："咋会呢？不是，不是。"宋大保在以后很长时间里再没有将沉默寡言的父亲同人民敬慕的英雄联系在一起。

宋学义隐功埋名十余年，直至1951年党组织在河北查找宋学义追查到沁阳县时，宋学义的英勇事迹才为人所知。当上级领导看到一贫如洗的他就是著名的抗日英雄时，都忍不住感慨万千。

1960年，宋学义担任村党支部书记，并出席了全国劳动模范大会、全国民兵英雄代表大会。作为村里的一把手，宋学义处处严格要求

宁死不辱战士名
——狼牙山五壮士

自己，他不顾自己身体的疾病，与群众一起抗洪排涝、修整田地、打机井……使全村近2 000亩耕地旱能浇、涝能排，旱涝保丰收。

他还积极带领群众奔致富路，植树造林，发展养猪事业。1971年6月26日，宋学义因肝病医治无效去世，享年53岁。遗体被安放在沁阳市烈士陵园墓区正中央。1979年被授予革命烈士光荣称号。

杨成武司令员为宋学义授"英勇顽强抗日壮士"勋章

"哎，是班副吗?"

"是呀! 你怎么样?"

"我动不了啦!"

葛振林看看离宋学义还有一段路，横着又走不过去，只好说："动不了也得爬。敌人可能走了，你自己想法子往上爬，我在上边等你。"

接着葛振林问他："他们几个呢?"他希望宋学义能够碰到过他们几个人。

"一块儿下来的，没见到!"宋学义回答。

这个回答本来是在他的意料之中。从那样的陡崖上跳下来，总是死多活少。可是自己活着，又见到了宋学

1938年11月，新四军第三支队在安徽省南陵县马家园战斗中与日军激战

宁死不辱战士名
——狼牙山五壮士

义，本来应高兴，但想起另外几人，一阵子心酸。

越往上爬，越吃力。每到休息的时候，葛振林就想他们，想班长马宝玉。班长又憨厚又直率，平时不爱多说话，可说一句算一句。每次打仗他总是说一声"跟我来"，三脚两步就走在头里。每次数他的战利品最多。平时打饭、提水，他从来不吩咐别人，总是不声不响地自己干。他常在党的会议上表态：不打败日本帝国主义，永远不回家。

"班长，班——长，你在哪儿？"葛振林大声呼唤着。

不知怎的，葛振林还想着一个真实的故事。两年前，他刚刚参加共产党。班长跟他约好，一摸耳朵就是开党的会，就要马上跟他走。原来，当时党还不公开，一摸耳朵就算开党的会议的通知，可是头一次，葛振林忘了，马宝玉摸呀摸呀，把耳朵都摸红了，葛振林还笑他呢。事后班长把葛振林好顿训，告诫他小事可以糊涂些，大事要清楚，不能缺乏组织观念。

还有那个不笑不说话的胡福才和那个年轻的胡德林，他们几个钟头以前还比赛看谁打得鬼子多，现在都不在了，葛振林忍不住流下了两行热泪。

葛振林爬上原阵地的时候，太阳已经落山了。他又爬到班长跳下去的地方探头望望。这个地方特别陡，黑沉沉的，一眼望不到底，近处光溜溜的石尖横躺着，石缝里长着一簇簇酸枣棘子，被晚风吹得一摇一摆。他又放开嗓子喊："班——长，马——宝——玉——"回答他的只有空谷的回声和那越旋越低的苍鹰。

葛振林沿着崖边转到前沿。他们战斗过的地方，到处是一片黑，他真想不出当时是怎样坚持下来的。在他们的阵地前面，敌人的尸体都被带走了，到处是一堆堆血衣，看样子被打死打伤的真不少。我们五个人打死那么多敌人，还行！葛振林边转边想。

葛振林转了一圈之后，躺在地上喘喘气。这时宋学义还没有上来，歇了一小会儿，他用浑身的气力爬了起来，弄到两根棍子，又拔了两个萝卜，擦净泥，等着宋学义。

又过了一会儿，他听到宋学义的喊声，顺着声音他帮助宋学义攀上崖头。宋学义的腰骨摔断了，一上来就大口吐血，好不容易把血止住了，吃了块萝卜压了压。

葛振林说："老宋，待在这里不行，咱们得走。"

"奔哪里？"宋学义有些发愁。

葛振林说："上棋盘坨大庙。现在敌人走了，那里可能有自己人，先弄点吃的再说。"

他们两个人拄着棍子，边爬边走，直奔棋盘坨那座庙。走到离棋盘坨庙不远的地方，天完全黑了。他

宁死不辱战士名

狼牙山五壮士

1939年，八路军第一二九师在阳村战斗中缴获的战利品

们刚要爬过一个崖坡，突然从石缝里钻出来一个人，穿便衣，看样子像地方工作的同志。那个人连声喊："别走了，那边有地雷！"话音没有落，地雷就响了。葛振林一把将宋学义推开，就地一滚，又滚了一次山坡，幸好这次没有伤着。等他们再爬起来时，刚才说话的那个人不知哪里去了。

他们俩艰难地爬了一段路，见路边有个草庵子，就决定进去休息一下。他们俩一面休息，一面判断着大庙里是否有敌人，商量上去的办法。说着说着，忽然听到房后崖头下面有人说话了："你不是六班副吗？"

葛振林一听就听出来了，是他们连的小司号员同志，就连忙答应："是呀！你快上来吧！"对方不放心，又连问了几声，才爬上来。

原来小司号员腿上挂了花，找不到部队了。过了不久，又进来一个人，是刚才那个穿便衣的。一见到葛振林他就掉泪了，说："四个人里面就我一个健康人，可我又背不了你们几个人！"葛振林说："不要紧，我们商量个办法吧！"大伙商量了一阵，决定奔棋盘坨大庙。但是，最困难的是对那里的情况不了解。宋学义非常坚定地说："反正我的伤最重，我先爬过去，没有敌人我就喊一声，要是有敌人，能回来就回来，不能回来就和敌人拼了！"几个人阻止不了他，他走了。这时已是晚上八点多钟了。过了好大一会儿，才听到他的喊声，他们走上去，那便衣同志搀着宋学义，四个人来到了大庙。

大庙旁边的房子烧光了，庙里面乱堆着敌人丢下的罐头盒子，当院一个大土坑，周围尽是敌人的血衣，看样子敌人踏响不少地雷。便衣同志帮助葛振林找来口破锅，烧点开水，又

毛泽东题词"庆祝抗日胜利 中华民族解放万岁"

宁死不辱战士名

——狼牙山五壮士

将八路军撤退时没来得及吃的两锅小米饭热了热，大家分着吃了点。

第二天，那个便衣同志为大家做完早饭走了。庙里的老道士回来了，他和八路军部队混得很熟，一见面就唠起来。他问葛振林："今天鬼子打的是你们吧?"

葛振林说："是。"

老道士说："打了一天的仗，可真艰苦。你们团长叫邱蔚，他一直看着你们打仗的方向直掉泪，以为你们都牺牲了。"葛振林听了，很为首长这样关心他们而感动，不由得又想起那三个牺牲的同志。

老道士告诉了他们部队去的方向。葛振林看小司号员同志伤势轻些，就让他头里走，去找部队联络。

他和宋学义互相搀扶着继续往前走。

他们一路走，一路打听，又是一夜没有合眼，历尽艰辛，到第二天下午三点钟的时候，才碰到一个在山上打柴的战士。这个战士告诉葛振林："同志，我们是二十团的，一团可能还在下边。"他们赶到下边，刚巧是他们的连队。

指导员看见葛振林和宋学义伤势不轻，硬是背着他们回到连部的小土房里。

听说葛振林回来了，全连同志都跑来看他们，屋里屋外，送这送那，问这问那。葛振林躺在炕上，指导员把手搭在他的肩上，什么话也不说，眼泪扑簌扑簌地直掉，全屋的人也都跟着掉泪，怀念牺牲的三位同志。

宋学义

当天，葛振林和宋学义被送到团的卫生队去休养。宋学义的伤重些，脊骨摔断了，葛振林的伤稍轻。反扫荡结束以后，葛振林回到他的连里，他时刻缅怀战友，奋勇杀敌人，屡历战功。

在这次威慑敌胆的

宁死不辱战士名
——狼牙山五壮士

狼牙山阻敌战斗中，五位八路军勇士凭着五支步枪和手榴弹、地雷，牵制了日寇三千多兵力，同超过自己上百倍并有飞机、大炮助战的敌人打了一整天。敌人被五位勇士打死打伤一百多人，而他们五个人，除了班长马宝玉、战士胡德林、胡福才三位同志壮烈牺牲外，葛振林和宋学义同志幸免于难。他们俩亲眼看到了日本帝国主义投降，还亲手接过了日本军队向他们投降时交出的武器和受降人员名单。

后来听说，进剿狼牙山的日本小队长来过狼牙山棋盘坨大庙，并和一位曾经在甲午战争时参加过战争的80多岁的老道谈起这五位勇士。

"我当过几十年的兵"，老道说，"还没有见过像八路军这样的军队，真是神兵啊！"

"神兵的！？"日本小队长问。

"是的。"老道回答，并点点头。

日本小队长被"神兵"折服了，不断地向天空礼拜着。

这年11月，反"扫荡"胜利结束。一分区召开了隆重嘉奖大会，军分区司令员杨成武代表军区聂荣臻司令员向葛振林、宋学义颁发了奖章与奖品，并追认马宝玉、胡德林、胡福才三人为革命烈士。从此，"狼牙山五壮士"的美名便流传于世。

2005年4月15日的《中国民族报》第7版用大量篇幅刊载了贺文忠采写的《余药夫与狼牙山壮士》一文。

余药夫与狼牙山壮士

当年，他亲历了狼牙山上的战火，是他向狼牙山五壮士中的幸存者伸出了援助之手。半个世纪以来，他从没向别人提起这段历史，当幸存者宣布了这条迟到的新闻后，他说："我沾了五壮士的光，我不是英雄，我决不能贪天之功……"

当全国各大网站如八方风雨纷纷评述"狼牙山五壮士"一文该不该从小学课本里删除时，新华社刊发了一则题为《狼牙山五壮士幸存者之一葛振林老人辞世》的消息。一连串的新闻，不由得引发了人们对往事的追忆。

寻找英雄背后的英雄

"狼牙山五壮士"与千千万万个英雄一样已彪炳史册，可是英雄跳崖后如何得以幸存？又为何人所救？这背后的故事一直鲜为人知。

1994年秋天，笔者专程去了一趟狼牙山，在当地只打听到一段最初修建狼牙山五勇士纪念塔的逸事：去狼牙山顶峰的路十分陡峭，人在负重时就更难前进，要在山顶上修纪念塔，把砖、水泥运上去太难了。于是有人建议：用山羊驮。山羊攀缘的能力是出乎人们意料的。于是每只山羊背上都被绑上一个褡裢，由羊倌赶着将这些建筑材料送到了山上。

2002年，笔者了解到：援救过五壮士幸存者的人还健在，名叫余药夫，居住在河北师范大学。得知这一消息，笔者几经周折采访了他。余药夫说："你们要写就写那些英雄，我只不过是沾了五壮士的光。我不是英雄，而只是仅仅做了点微不足道的拥军行动，我决不能贪天之功。"

难忘的历史背景

1941年秋天，日本华北地区司令官冈村宁次集中7万兵力，进行规模空前的大"扫荡"。1941年9月25日拂晓，3 500名日伪军在飞机大炮的配合下，兵分数路突然进犯狼牙山区。

我晋察冀军区一分区一团的主力，已奉命保卫边区党政军领导机关。一团团长邱蔚带病指挥二营七连掩护地方机关和群众转移，并留下六班牵制敌人。除去因病住院的同志，六班只剩下5个人。这5个人分别是班长马宝玉、副班长葛振林、战士宋学义、胡德林和胡福才（叔侄俩）。就是这5位勇士，为牵制日伪军，掩护机关和群众转移，毅然把敌人引上狼牙山棋盘坨的悬崖绝壁。

经过一天激战，勇士们先后打退敌人多次冲锋，毙敌50多人。黄昏时，他们的子弹、手榴弹全打光了，于是全班砸坏枪支，高呼口号，纵身跳崖，以死报国。班长马宝玉、战士胡德林和胡福才壮烈牺牲。副班长葛振林和战士宋学义被半山腰的树权挂住才幸免于难。

余药夫话当年

葛振林从昏迷中醒来，又遇到了战士宋学义，于是两人爬到了一个叫"欢喜台"的地方。宋学义伤得很重，大口大口地吐血。葛振林和宋学义拄着棍子相互搀扶着朝棋盘坨方向缓缓移动。突然，不远处有个黑影闪动。通过仔细辨认，像是当地老百姓。对方也看清了这两位伤者穿着八路军军装，就迎了上去。他就是狼牙山区青年抗日救国会主任余药夫。

余药夫先在前边探一会儿路，再返回来搀扶两位受伤战士向前走一段，3人缓慢地移动着，终于来到了一座道观。余药夫摸黑打了半桶水，将八路军撤退时没来得及吃的两锅小米饭热了热。正准备吃饭时，七连的司号员李文奎进来了，他也是在战斗中被打散掉队的。

第二天早晨，余药夫找到了一把新鲜的韭菜，继续为大家做饭，这一顿是韭菜炒饭。葛振林高兴地说："这一顿比上一顿更好吃。"

因为2003年8月1日余药夫（左）与葛振林最后会面。

余药夫出门观察敌情时，发现一位道士，后来知道这位道士叫李元忠，是这个道观的住持——传说日本兵列队向跳崖的五壮士敬礼，就是他躲在崖缝中亲眼所见。

葛振林从道士那里得知，日本鬼子今天不会上山，就决定下山去找部队。葛振林他们拱手告别李元忠道士，余药夫也与3位八路军战士一一握手告别。没想到这一分别竟整整45年！并且这一次分别，就再也没能见到宋学义和李文奎。不知是命运的安排还是历史的巧合，45年后，还是在狼牙山，余药夫同葛振林再次相见。

迟到的新闻

1986年9月23日下午，余药夫的一位在狼牙山战斗过的同乡战友突然造访，给他带来一个振奋人心的消息：9月25日将在易县东西水村举行狼牙山五勇士纪念塔重建落成典礼，葛振林也来参加。

血，一下子涌到这位老人的脸上，余药夫显然很激动，往事在这位老人的脑海一一涌现：

狼牙山上他和葛振林、宋学义在棋盘坨分手后，继续做地方工作。他从不提起援救过五壮士这件事。他从狼牙山脚下到了北京；再由北京转到南宁；又从南宁调回石家庄。直到1981年5月，余药夫才试着给葛振林写信，说明了当年救援的情况，很快他就收到了葛振林的回信并表达了想与恩人见面的愿望。

1986年9月24日下午，在河北易县一座竣工不久的宾馆，葛振林和余药夫的手紧紧握在一起，葛振林还不停地说："对！对！就是你啊！"

9月25日上午，重建狼牙山五勇士纪念塔落成典礼（1942年1月首次修建的纪念塔于1943年秋季大扫荡中毁于日军炮火）隆重举行。葛振林在发言中回顾了45年前血战狼牙山，舍身跳崖的经过后，郑重地宣布了一条45年前的战地新闻。他说："当时，全班5人跳崖后，我头部被摔成重伤，昏了过去。苏醒后，我和宋学义忍着伤痛向上爬。我多次提到一个地方干部，是他救了我们，过去记不清他叫什么名字，现在知道了，他叫余药夫，住在石家庄，是河北师大副校长，今天他也来了！"全场顿时轰动了。

听到葛振林的讲话，泪水模糊了余药夫的双眼。分手时，葛振林戴上老花镜，在余药夫的笔记本上一笔一画地写下了："在45年前9月25日，狼牙山的顶峰上，你救援我们，今日又见面。留念。1986年9月27日。"两位老人互道珍重，依依惜别。此后的时间里，余药夫又7次与葛振林相见。

位卑未敢忘忧国

余药夫，1922年10月29日出生于河北易县安格庄乡田岗村一个富裕农民家庭，中国人民大学马列主义夜大学肄业。1938年4月经八路军地方工作团辛庆元、赵晶溪（杨成武将军的妻弟）介绍加入中国共产党。余药夫把自己的那段革命经历曾概括成这样几句话：填表长工房，宣誓关帝庙，举旗永安寺，周旋狼牙山。

1941年9月24日，时任狼牙山区青年抗日救国会主任的余药夫到棋盘坨脚下的东西水村向区干部传达县委关于继续坚持反扫荡，搞好秋收秋种的指示。第二天，在棋盘坨顶峰只身援救了狼牙山五壮士的幸存者葛振林、宋学义。由于特殊历史原因，余药夫的这段经历始终未写入履历，以至余药夫去世后，他的悼词中都没有提到这段历史。

当笔者再次到石家庄采访余药夫的老伴邢云英时，两位老人交流了许多思想。因为余药夫自从和葛振林见面后，余药夫曾拖着有病的身体，奔波于湖南、河南、河北、北京等地，先后走访了宋学义的夫人李桂荣，到马宝玉和葛振林的家乡采访，协助确认了胡德林、胡福才的祖籍，还拜会了杨成武将军。他寻觅着英雄足迹，采写了大量的回忆文章，还与人合作自费出版了《狼牙山五壮士赞歌》《狼牙山万世颂英雄》《壮士葛振林》等书。余药夫晚年主要致力于宣传狼牙山五壮士的英雄精神。

葛振林

葛振林（1917—2005年），出生在河北省曲阳县党城乡喜峪村。1937年参加革命，1940年加入中国共产党。1941年9月25日，在河北省易县狼牙山阻击日军战斗中，葛振林与四位战友宁死不屈，壮烈跳崖，他和宋学义被挂在树上，幸免于难。

伤愈后，先后投入解放战争和抗美援朝战争，屡建战功。朝鲜停战后回国，历任湖南省警卫团后勤处副主任，湖南省公安大队副大队长，衡阳市人武部副部长，衡阳警备区后勤部副部长。1982年离休。离休后依旧忙碌，把晚年的大部分精力用在关心青少年成长上。曾任衡阳市"关心下一代工作委员会"副会长，担任衡阳市20多所中小学校、全国近200家中小学的校外辅导员。

1941年9月，葛振林被晋察冀军区授予"狼牙山五壮士"光荣称号和"民族英雄奖章""青年奖章"各一枚。1955年被授予少校军衔和中华人民共和国三级解放勋章。1981年7月按副师级待遇离职休养，1983年6月提为正师级待遇离休干部。1988年被授予二级红星功勋荣誉章。1988年被国家教委、共青团中央授予"优秀校外辅导员"称号，1991年被全国下一代协会评为先进个人。

2005年3月21日23时10分，葛振林在衡阳病逝，终年88岁。

2005年3月21日，并不是一个特殊的日子，就像1941年9月25日一样。

那个瞬间之后——当他与四位战友从狼牙山主峰棋盘坨一跃而下，命运又给了这名战士64年的时光。

3月25日上午，衡阳市殡仪馆最大的灵堂三门齐开，人群和花圈挤满了院落。在挽幛上，人们可以看到聂力的名字，这位女中将的父亲，正是当年的晋察冀军区司令员聂荣臻。

"狼牙山五壮士"六字，正是司令员当年对

英勇下属的断语。

在吊唁人群中，一些须眉皆白、举止整肃的老者引人注目，但更多的男女老少并没有明显的特征。

"他真的是一个大英雄。"72岁的衡阳市民王焕云说，自己是文盲，过去不知道葛振林是谁，这几天听孙儿讲这是个大英雄，跑过来一看，就相信了。

那个爱说笑的老头去了。在黄茶岭的小院附近，大家对平日称为葛老的这个人有另一种描述。

"不像个英雄，倒是个瘦瘦的干巴老头。"在街角摆擦鞋摊的李云说。这位34岁的妇女来自湖北，她说自己学过《狼牙山五壮士》的课文，但葛老和她想象中的不一样，没有架子，常来问寒问暖，让她心里觉得"蛮舒服的"。

"他常常会问蹬三轮的、卖菜的，家是哪儿的，收入怎么样，几个娃，上学了吗？"附近卖期刊的老人芦石安回忆说。他还给葛老起过一个外号——"葛两毛",因为街上的人都知道，葛老买东西若余几毛钱找零，总说句"不要了"摆手就走。

"穷人富人，他都很能合得来。"75岁的葛夫人王贵柱说："老伴还是更喜欢穷人和孩子，他喜欢摸孩子们的小脑袋；喜欢穷人就是给钱。"

"要饭的就喜欢围着葛老家门口转。"芦石安得出这样的结论。

王贵柱还解释道，葛老就喜欢旧军装，做了一件西服，从来没穿过。戴黄军帽是因为跳崖时碰了头，戴帽子挡挡风。

多年来的每天早晨，黄茶岭的人们都会看到这个身着旧军装的老人拄着拐杖去警备区拿报纸，一路上敲得地面"铛铛"响，他见了谁都会打招呼，逗会儿乐。邻居们说，可能除了打仗的时候，葛老一辈子都是笑口常开。

"可是现在街上都冷清了，那个爱说笑的老头去了。"芦石安叹了口气。

老兵档案

3月25日上午，81岁的抗日老战士、原衡南县武装部部长宋文坤在老伴搀扶下来到灵堂，向多年的老战友告别。

"我以为他能挺过来的。"宋文坤说。他们夫妇20多天前曾去看望术后的葛振林，当时，喉咙上插着管子的老葛还一边比画一边唱："老子的队伍才开张……"

"你个摔不死的，这次也没事。"宋老这话曾让两家人开怀大笑。

但此时的葛老已是沉疴难返。衡阳市中国人民解放军169医院三内科主任彭寒林介绍，由

宁死不辱战士名

——狼牙山五壮士

于心、肾、肺功能几近衰竭，葛老的气管先后切开了两次。

"但他没有痛苦的样子。"彭寒林说，一般人做气管切开手术，麻醉醒来会非常难受，葛老却总是将笑挂在嘴上。

"特殊材料制成的老人"，护士们这么称呼他。

"他的顽强是一个老兵与生俱有的。"原衡阳军分区副司令员朱旭更愿意这样理解相知64年的葛振林。

1941年，朱旭在晋察冀军区政治部负责发放药品，在当年11月5日的晋察冀日报上，他看到一篇题为《棋盘坨上的五个"神兵"》的报道，而此报道多年后被修改编入小学课本，定名《狼牙山五壮士》。

"在反扫荡斗争中，五名八路军战士为掩护大部队和老百姓转移，把敌人引上了狼牙山的主峰棋盘坨。在消灭了五十多个敌人后，五名战士砸碎了手中的武器，纵身跳下了万丈悬崖。"朱旭记得当时报道如此描述。

另有史料记载，当几百名日军冲上悬崖顶，发现与之激战近一日的对手只有五个人时，他们就在悬崖上排成几列，面对五人跳崖处三度折腰。

1941年11月7日，晋察冀军区司令员聂荣臻签署训令，将五战士命名为"狼牙山五壮士"。"那时候我就知道了有这么五个人，但还未见过老葛。"朱旭说。

抗战结束直至中国人民共和国成立初，葛振林历经天津、张家口、清风店和太原战役，还参加过江西剿匪和抗美援朝，全身六处负伤，为三等甲级伤残。

长沙解放时，在湖南省军区政治处军邮办事处任处长的朱旭第一次见到了葛振林，他的第一印象是葛"瘦高瘦高"，并总是笑呵呵的。

大约在1962年，葛振林调任衡阳军分区后勤部副部长，正式和朱旭成为同事。

"认真是他的一大特点，他在后勤部负责军

089

——宁死不辱战士名
——狼牙山五壮士

装的发放、后勤保障等物资的管理，从来没出过错。"朱旭说。

1966年春，葛振林向衡阳军分区司令部提交申请希望休养，上级考虑到他的伤病，批准了这一请求，当年8月，这位老战士离岗退养，时年49岁。

16年后的1982年，葛振林正式离休，享受正师级待遇。

1959年5月，在湖南省长沙各界青年纪念五四运动四十周年大会上，葛振林为青年们讲战斗故事。

不讲狼牙山故事

3月17日，几名小学生拎着水果走进衡阳169医院，围在病床前说，想听葛爷爷讲故事。床上的老人此时动了动身子，颤抖着声音回答："娃娃们，现在不行，等我好了就给你们讲。"目睹这个场景的衡阳市政府新闻办主任成新平，和护士们一道抹起了眼泪。

1966年离岗休养后，葛振林曾先后担任衡阳市10多所学校的课外辅导员，并应邀到湖南、河南等10余省的部队、机关、监狱等单位做报告300余场次。

衡阳雁峰区六一实验小学原校长谢慧兰回忆，葛老很少向学生回忆狼牙山那一幕，而是讲更多的战斗故事，每次都叮嘱孩子们："珍惜现在的好条件，好好学习，祖国的江山打得多不容易啊！"老战友宋文坤也说，葛老最不喜欢战友们提狼牙山跳崖的事，他总会很激动地说："咱们都是八路，那个时候，你们还不知道吗？换了你们，你们就不会跳吗？"

宁死不辱战士名
——狼牙山五壮士

卖期刊的芦石安有次进了份杂志，上面有篇文章讲到"狼牙山五壮士"，聊天时他拿给葛老看，葛老摇了摇头，就推开了。

海南省军区后勤部原政委——80多岁的陈永春老人也知道葛振林的这个脾气。他曾和葛老一起在广州军区总医院住院，当时他向同室的另一位战友介绍："这就是狼牙山五壮士之一，国宝葛振林。"对方肃然起敬，但事后陈永春却被葛老一阵骂："老陈你这是瞎胡闹，没原则。"

葛老的几个儿子告诉记者，连他们也是看了电影和学了课文之后才知道，自己的父亲就是那位喊着"打倒日本帝国主义"跳下悬崖的壮士。

葛老的长孙在军校从不透露自己的家世，有一次，同学们聊到狼牙山五壮士，说不知道葛振林现在何处，他就笑着说："可能在衡阳吧。"

替他们多活两年

1986年，葛老应邀回狼牙山参加五壮士纪念塔落成仪式，现任河北曲阳县人武部政委崔永德当时陪了老人7天。第一天，69岁的葛老坚持要到山上看看，走到半山腰便没了体力，他手指远处的棋盘坨主峰，半晌说不出话来，眼睛湿润了。第二天，老人拉着崔永德走遍了狼牙山附近的村庄，顺便打听另外三名烈士家属的消息。

然而，此次故地之行还是给老人带来莫大欣喜，他遇到了当年的救命恩人余药夫。

崔永德述说了两位老人相见的场面："他们一次又一次地拥抱在一起，好久好久。"

1999年12月，衡阳电视台录制了一期新旧世纪交替的节目，采访时问及葛老的最大愿望，葛老答说想再见恩人一面，给他唱首歌，说着便唱了起来："没有共产党就没有新中国……"

对当年的另一位幸存者宋学义，葛振林也念念不忘。衡阳市政府新闻办主任成新平说，葛老曾对他谈起跳崖的情景，他与宋学义是搭着肩膀一起跳下去的，也许正因此才被树枝挂住而保住了两条性命。

夫人王贵柱说，葛老曾去看过宋学义，宋学义也来过衡阳两次，"宋学义的腰不好，走路很慢，要摸着墙走。"

1971年，宋学义辞世。

"我已经替老班长他们活了60多年，但还想替药夫和学义再多活两年，最想替战友们见证抗战胜利60周年。"葛老曾向子女们这样诉说，他得偿所愿了。

"咱们还不富裕"

葛老一生十分勤俭，在衡阳中国人民解放军169医院住院期间，天气寒冷，护士怕他感冒，打开了空调，葛老便关上，护士趁葛老睡了，便又打开。从此，葛老醒来的第一件事便是伸出颤抖的手去试探，看空调有没有热风，如果有热风，他又去关上；有时护士见外面的阳光较暗，便开室内的灯，护士刚打开，葛老便关上。

他深情地对护士说："国家还不富裕，我们要节省每一度电、每一分钱，支援国家建设。"

夫人王贵柱说，葛老退养后，有一半以上的时间在给孩子们做报告和写回信。葛老做报告从不吃请。王贵柱说，能骑自行车的时候就骑自行车去，骑不动了，他就挂着拐杖走着去，报告结束，不但不吃饭，还要叮嘱一下对方："你们也别以我的名义吃喝啊，咱们还不富裕，有那个饭钱可以给娃们买多少书啊。"

20世纪70年代后期，衡阳某铁路学校校长给葛老家里送了20元讲课费，钱被葛老扔了出去，人也被葛老骂走了。打那之后，没人再敢跟葛老提报酬的事。

衡阳市警备区干休所所长黄建寅介绍，早两年，按照干休所的规定，享受正师级待遇的葛老每月可以免费用车180公里，"可考虑到所里用车紧张，他就让保姆推着轮椅来干休所卫生所打针。"黄建寅说，从葛老家到干休所约1.5公里，还要上个大坡，葛老怕保姆累着，就帮着转轮椅，"我们看到老爷子这样，就想哭。"

实际上，捐款也是葛老一项重要的开支。夫人王贵柱说，每遇任何灾害，老伴总是第一个捐款。

"葛老不光自己踊跃捐，还监督别人捐，谁捐慢了，葛老都会开着玩笑说'你这个老抠门'。"衡阳市警备区干休所一位老干部回忆说。

一生勤俭感动无数中国人

葛振林从不以英雄自居，他一生勤俭节约，安守清贫，感动了无数中国人。

葛老的家，是一个很平常的不到120平方米的四合院，坐落在衡阳市警备区旁边。室内布置陈旧，一块"革命老人"的红匾和镶在镜框里的老照片特别引人注目，却找不到一些时新的电器、家具，与院外的繁华形成强烈的反差。室内有一个七八平方米的书房，极为简朴，还有一个旧式书柜，里面整齐地摆着马列主义文集和军事书籍，书桌边唯一显眼的是一张崭新的真皮沙发，但葛老一直舍不得坐。旁边放着一张破旧的藤椅，已经松了架，椅子破了几个大洞，但葛老仍舍不得丢，他"缝缝补补又三年"，一直坐在这张藤椅上读书看报，这一坐就是40多年。葛老离休后，他的衣着十分朴素，一身洗得发白的军装，经常是穿了又穿。

　　葛老有4个儿子，但葛老从不向组织提任何要求，也不为儿子的就业找关系。他经常对儿孙们说："任何时候都不能做对不起共产党的事。"

　　有一次，他的孙子发高烧，老伴便让葛老打电话给衡阳市警备区干休所，要求派车，葛老也慌了神，急忙到房里打电话，可拿起电话又放了下来，他对老伴说："你还是叫他妈妈背着孩子坐公共汽车到医院吧。"老伴不依："平时不指望你派车，今天孙子要上医院，要台车不行？你不打电话我来打。""你敢！"葛老火了。

没办法，老伴只有让儿媳冒着烈日背着孙子挤公共汽车上医院。后来，他的这个孙子考上军校，也没利用他的一点关系，直到军校毕业之后，很多同学还不知他就是大名鼎鼎的"狼牙山五壮士"之一葛振林的孙子。

葛振林一生安守清贫，悄然离世，引起了全国人民对他的崇敬和怀念。"抗日狼牙山一跳成壮士英雄事迹彪史册；跟党干革命万险砺志士赤胆忠心扬美名。"连日来，在湖南衡阳市殡仪馆，一身戎装的葛老被一面鲜艳的中国共产党党旗覆盖，安详地躺在水晶棺中。阵阵哀乐，束束鲜花，幅幅挽联，一张张泪痕满面的脸，寄托着人们对这位抗日老英雄的无限哀思。

当年取得反"扫荡"胜利的边区军民，用他们最高昂的音调，在齐声颂扬着棋盘坨五位勇士英勇奋战的事迹，他们给边区子弟兵增添了无比的骄傲和无上的荣光。人民也因有了这样的子弟兵而感到自豪和荣耀。

解放后，易县人民在狼牙山的主峰上建造了纪念塔，以缅怀马宝玉、胡德林、胡福才、葛振林和宋学义五位革命战士的英雄事迹。塔的正面镌刻着聂荣臻题写的"狼牙山五勇士纪念塔"九个大字。塔身像一把熠熠发光的宝剑，直刺蓝天。

成千上万的人来到这里瞻仰、凭吊。他们赞美气势磅礴的狼牙山，赞美碧波荡漾的易河水，更赞美中华民族值得骄傲的英雄儿女——狼牙山五壮士。

狼牙山五壮士英勇抗敌，宁死不当俘虏，体现的正是一种炽烈的爱国主义精神，这就是辉映神州大地的中华魂。

——宁死不辱战士名

狼牙山五壮士

中华魂·百部爱国故事丛书
提　要

《誓与禁烟相始终——民族英雄林则徐》

林则徐严禁鸦片，坚决抵抗西方列强的侵略，坚持维护国家主权和民族利益。他是中国近代历史上第一位睁眼看世界的人，是抗击帝国主义殖民侵略的第一人，是中华民族抵御外侮过程中伟大的民族英雄。

《血洒虎门御敌寇——抗英将军关天培》

民族英雄关天培，在第一次鸦片战争中为了抗击英国侵略者的入侵而血洒虎门，为国捐躯，谱写了一曲可歌可泣的英雄赞歌。关天培用他的生命，书写了中国人民反抗外侮的历史。

《威震镇海靖节魂——抗敌英雄裕谦》

在第一次鸦片战争期间的众多牺牲者中，有一位官阶最高，他就是两江总督裕谦。裕谦与外国侵略者斗争立场坚定，与国内妥协派、投降派斗争态度坚决。裕谦督战镇海，与英国侵略军浴血奋战，临危不惧，以身报国，浩气长存。

《斩邪留正解民悬——太平天国领袖洪秀全》

农民出身的洪秀全，从失意文人到起义领袖，经历了长期的思想演变过程，在外敌入侵、清朝政府腐朽的历史环境之下，顺应时代的潮流，成长为一位非凡的历史英雄人物，建立了与清朝政府相抗衡的农民政权——太平天国。

《仰承汉唐　荟萃中外——近代数学家李善兰》

李善兰是我国19世纪重要的科学家之一，在数学、天文学、力学等方面都有重大建树。他继承了我国古代数学的成就，又以极大的热情传播西方科学文化，"仰承汉唐，荟萃中外"，把自己的一生献给了科学事业。

《严谨治学　勇于探索——近代著名数学家华蘅芳》

华蘅芳，中国近代数学家之一。其精通中国古算学，并熟练掌握西方近代数学，是中国验证抛物线并著书立说的参与者。为了证明"外国有的，中国也能造"而鞠躬尽瘁，在引进西方科学技术、传播科学知识上贡献卓著。

《折冲樽俎护山河——近代著名外交家曾纪泽》

曾纪泽是中国近代史上著名的爱国外交家，在中俄伊犁交涉事件中，他秉承抵抗列强、保卫国家的坚定意志，利用外交手段全力同沙俄抗争，捍卫了国家主权、民族尊严，收回了祖国的领土，在近代中国外交史上留下了光辉的一页。

《甲午海战留英名——民族英雄邓世昌》

邓世昌，北洋水师名将。本书以邓世昌的成长过程为线索，以代表性的历史故事为主要内容，还原真实的历史事件，突出鲜明的人物性格。邓世昌因在中日甲午海战中突出的英雄气概而名垂史册，书写了伟大的爱国主义篇章。

《誓与舰队共存亡——北洋水师提督丁汝昌》

丁汝昌处在清朝政府的腐朽和李鸿章的专断下，难以施展爱国的抱负，壮志未酬，愤恨而终。但丁汝昌为建立近代海军作出的巨大贡献，带领北洋舰队爱国官兵勇抗强敌的英雄事迹，将永远为后代所传颂。

《镇南关上凯歌扬——抗法老英雄冯子材》

1885年中法战争中，年逾古稀的冯子材为抵御外国侵略，勇赴国难，大败法军于镇南关，并乘胜追击，接连收复文渊、谅山等地，从根本上扭转了中法战争的局面，成为近代民族英雄的杰出代表。

《屡败法军逞英豪——黑旗军将领刘永福》

刘永福是黑旗军的创建者，是农民出身的杰出军事家、政治活动家。在19世纪发生的援越抗法、中法战争中，他率部与帝国主义侵略者进行了殊死的战斗，建立了卓越的功勋，成为我国近代史上著名的民族英雄，为后世所景仰。

《矢志变法强国家——戊戌变法领袖康有为》

康有为是清末民初最有影响力的思想家之一。他领导了中国知识界的启蒙运动，掀起了一场自上而下的政体改革。他最早在中国提出了立宪政体和具体的宪政方案，主张在坚持儒家传统和帝制的前提下，学习西方经验，他的进步思想对近代中国具有深远的影响。

《开民智以报国　普新知而图强——戊戌变法思想家梁启超》

梁启超，中国近代史上著名的政治活动家、启蒙思想家、史学家、文学家，戊戌变法领袖之一。本书以百日维新思想家梁启超的成长过程为线索，以代表性的历史故事为主要内容，还原真实的历史事件，突出鲜明的人物性格。

《我自横刀向天笑——维新志士谭嗣同》

谭嗣同在民族危机的严重时刻，投身改革救中国的洪流。为了带给祖国一个光明的未来，紧要关头，他挺身而出，用自己的鲜血激励后人，把宝贵的生命献给了变法事业。

《睡乡敢遣警世钟——用生命警策国人的陈天华》

陈天华是民主革命的活动家和宣传家。他写的《猛回头》《警世钟》等书，起到了革命启蒙的重大作用。为了激发留日学生的爱国情怀，他不惜投海自杀，演出了近代史上感人至深的一幕，给后人留下了难忘的印象。

《革命军中马前卒——民主斗士邹容》

革命乃"至尊极高，独一无二，伟大绝伦之一目的"；它是"天演之公例，世界之公理，顺乎天而应乎人"的伟大行动。因此，必须"仗义群兴革命军"。他激情高呼："革命独子万岁！中华共和国万岁！"这就是《革命军》的作者，中国近代著名资产阶级革命宣传家邹容。

《休言女子非英物——鉴湖女侠秋瑾》

为民族解放和妇女解放而英勇斗争的秋瑾，冲破封建礼教的思想牢笼，打碎封建精神枷锁，崇仰真理，追求光明，主张共和，坚持男女平等，最终献出了自己年轻的生命。

《血溅校场　杀身成仁——民主斗士徐锡麟》

本书讲述了反清志士徐锡麟弃文从武、投身反清革命事业，最终被清政府杀害的故事。出于对国家的热爱，徐锡麟献出自己的生命，他的事迹将永远激励后人深切缅怀这位民主革命的先驱。

《生可死耳　我志长存——献身民主的禹之谟》

禹之谟，民主革命党人，同盟会会员，近代资产阶级革命家、实业家。1886年，20岁的禹之谟"提三尺剑，挟一卷书"游历四方，研究西方社会政治学说，忧国忧民之心日趋强烈。戊戌变法失败，他丢掉改良幻想，倡革命救亡之说，走上民主革命道路。

《物竞天择　适者生存——资产阶级启蒙思想家严复》

严复是中国近代著名的启蒙思想家、翻译家和教育家。他长期从事教育和翻译事业，为近代中国人才培养和思想启蒙做出了重要贡献，同时他也为中国的翻译事业和中西思想文化交流做出了重要贡献。

《辛亥革命急先锋——资产阶级革命家黄兴》

黄兴，清末民初资产阶级革命家，中华民国开国元勋。黄兴在武昌首义及辛亥革命时期的爱国表现，与孙中山闻名于当时，常被时人以"孙黄"并称。本书以资产阶级革命活动实干家黄兴的成长过程为线索，歌颂了先辈伟大的爱国主义精神。

《矢志革命　百折不回——近代民主革命家廖仲恺》

廖仲恺追随孙中山踏上了创立民国与捍卫共和制的旧民主主义革命

之路；在新民主主义革命时期，他为建立、巩固首次国共合作和实施三大政策，英勇奋斗，为国殉职，洒尽了一腔热血。

《将军拔剑南天起——护国英雄蔡锷》

蔡锷是中国近代史上的杰出军事家、爱国者。他的一生短暂而伟大。辛亥革命爆发，他毅然投身于革命洪流之中，领导云南重九起义，对武昌起义积极响应。袁世凯窃国复辟、恢复帝制的阴谋暴露出来以后，他又毅然举起了武装讨袁的旗帜。

《反帝反封建运动——五四青年的爱国故事》

五四运动是一次伟大的反帝反封建的爱国运动；是一个伟大的历史转折点；是中国人民的斗争从挫折走向胜利的一个关节点，它为中国的前进开辟了一条全新的道路，拉开了中国新民主主义革命的序幕。

《思想自由 兼容并包——著名教育家蔡元培》

蔡元培是中国近现代著名的民主革命家和教育家，一生经历风雨，却始终信守爱国和民主的政治理念，致力于废除封建主义的教育制度，奠定了我国新式教育制度的基础，为我国教育、文化、科学事业的发展做出了富有开创性的贡献。

《为国家争光 为民族争气——中国铁路之父詹天佑》

詹天佑是我国最早的杰出铁道工程师，因主持建造京张铁路而闻名中外，被誉为"中国铁路之父"。他为祖国的铁路事业贡献了毕生的精力。本书向读者展示了詹天佑热爱祖国、科技兴国的辉煌人生。

《实业救国 衣被天下——轻工之父张謇》

张謇是爱国实业家、教育家。他年轻时中过状元。过了40岁，开始投身工商实业活动中，他的名言是"富民强国之本在于工"。在南通，创办大生丝厂、银行等各种实业。并将创办实业的大部分所得投入教育。他的观点是，教育和实业一样，也是"富强之大本"。

《心向革命 追求光明——平民将军冯玉祥》

冯玉祥将军"是一位从旧军人转变而成的坚定的民主主义战士"。

抗日战争期间，他辗转各地，用实际行动积极抗战。日本战败投降后，他为了断绝美国的援蒋内战，又在美国四处演说，揭露蒋介石统治之黑暗，痛斥美国阴谋分裂中国的不良行为。

《刑场上的婚礼——革命烈士周文雍　陈铁军》

周文雍是广州起义的主要领导人之一。陈铁军出身于华侨商人家庭，却毅然投身革命洪流。1928年1月，两人接受派遣，回到广州假扮夫妻从事革命斗争，却不幸被捕。临刑前，两位烈士将敌人的枪声当作自己婚礼的礼炮，用生命和爱情谱写出一曲千古绝唱。

《星星之火　可以燎原——井冈山斗争的故事》

1927—1929年，毛泽东、朱德等老一辈革命家，在井冈山创建了农村革命根据地，进行了艰苦卓绝的斗争，建立了新型革命武装，点燃了工农武装革命之火，找到了农村包围城市最后夺取政权的中国革命的正确道路。

《新民学会的主要发起人——中国共产党早期革命家蔡和森》

蔡和森青年时期曾与毛泽东等人一起组织进步团体新民学会，参加五四运动，并在赴法国勤工俭学时研读大量马克思主义著作，回国后以满腔热忱投身革命事业，成为中国共产党早期重要的理论家和宣传家。

《威震黄浦江畔　高奏抗日壮歌——一·二八淞沪抗战》

面对日本侵略者的挑衅，十九路军在蒋光鼐、蔡廷锴的带领下，高举义旗，奋力一搏。一·二八淞沪抗战，是中国军人捍卫军人荣誉和祖国尊严所发出的吼声，谱写了一曲抗击日军侵略的英雄壮歌。

《将军恨不抗日死——慷慨就义的吉鸿昌》

在国难深重的20世纪30年代，吉鸿昌将军因拒绝执行国民党指示，坚决不打内战，被迫携眷出国"考察"。回国后，他加入中国共产党，组织了民众抗日同盟军，英勇打击日本侵略者，后于1934年11月被国民党反动派杀害。

《献身革命 甘于清贫——梅岭忠魂方志敏》

大革命失败后，方志敏凭着"两条半步枪"起家，身经百战，创建了赣东北革命根据地和红十军。本书真实记录了方志敏投身于革命、领导红军和敌人进行艰苦卓绝斗争的经历，歌颂了烈士贫贱不移、威武不屈、献身革命的高尚品质。

《奏响中华最强音——人民音乐家聂耳》

聂耳在他有限的生命中创作了数十首革命歌曲，在抗日救亡运动中，聂耳的这些歌曲产生了广泛深远的影响。他的音乐创作为中国无产阶级革命音乐的发展指明了方向，树立了榜样。

《横眉冷对千夫指——中国文化革命主将鲁迅》

鲁迅不但是伟大的文学家，而且是伟大的思想家和伟大的革命家。在那风雨如晦的黑暗年代里，他以笔为投枪，同一切帝国主义和反动派进行了顽强的战斗，为中国人民树立了一个不朽的丰碑。他是新文化战线上的一面光辉旗帜，是我们伟大民族的灵魂。

《铁流两万五千里——红军长征的故事》

红军长征是人类历史上的一次伟大的壮举。第五次反"围剿"失败后，中国工农红军的三大主力在极端艰难的条件下，突破国民党军队的围追堵截，进行了史无前例的战略大转移，总行程达两万五千里以上。途中发生了许多动人故事，至今令人难以忘怀。

《荣辱不移革命志——创建陕北红军的刘志丹》

刘志丹是杰出的无产阶级革命家、军事家，西北红军和西北革命根据地的主要创始人之一。他一生热爱人民，追求真理，英勇善战，百折不挠，艰苦奋斗，忠心赤胆，为创建红军和革命根据地、为中国人民的解放事业建立了不可磨灭的功勋。

《英名永存北平城——爱国将领佟麟阁 赵登禹》

1937年7月28日，日军向北平郊区发动进攻。第二十九军副军长佟麟阁奉命在南苑率部与日军苦战，腿部受伤，头部被敌机炸伤，壮烈殉国。第一三二师师长赵登禹指挥部队顽强抵抗日军，右臂中弹负伤，仍继续作战。后在转移途中遭日军截击而牺牲。

《八百壮士　四行仓库铸军魂——谢晋元和他的战友们》

八一三抗战，中国军人以血肉之躯揭开全面抗战的帷幕。这是一场血战，是中国军人不屈不挠的英雄诗篇，其中的八百壮士守四行，成为这首英雄颂歌中最动人、最凄美的音符。一曲四行保卫战，铸就了不屈的军魂。

《八女投江　气贯长虹——八位抗联女战士》

抗日战争时期，以冷云为首的东北抗日联军8名女战士，为捍卫民族尊严，面对凶残的日寇，镇定自若，宁死不屈，投江殉国，表现了中华民族同敌人血战到底的英雄气概。她们的光辉形象，激励着千千万万的后来人。

《艰苦抗战　威震敌胆——著名抗日英雄杨靖宇》

杨靖宇将军是我国著名的抗日民族英雄。曾先后担任磐石游击队政治委员、东北抗日联军第一军军长兼政委、抗日联军总司令等职。领导军民对日寇坚持了长达9个年头的艰苦卓绝的斗争，最终以身殉国。

《死也不当亡国奴——镜泊抗日英雄陈翰章》

陈翰章，从1932年8月投笔从戎，直到1940年12月8日为抗击日本侵略者，战死在镜泊湖畔。他在抗日疆场上奋战了九年，他那可歌可泣的英雄事迹将为人们永世传颂。

《名将殉国　气壮山河——抗日将军张自忠》

著名抗日将领、民族英雄张自忠，生于忧患的时代，抱有"宁为百夫长，胜作一书生"的志向，经历过失败与低谷，最终成就了慷慨人生。本书主要以人物活动为主，勾画出一个真正的"民族魂"鲜活的人生，会带给读者振奋的力量。

《宁死不辱战士名——狼牙山五壮士》

1941年日寇在河北易县"扫荡"。为掩护群众和主力部队撤退，五位八路军战士毅然把敌人引上了狼牙山棋盘坨峰顶绝路。弹尽粮绝、无路可退，五位英雄纵身跳下了万丈悬崖，用生命和鲜血谱写出一曲惊天地泣鬼神的壮举。

《太行浩气传千古——抗日名将左权》

左权，中国工农红军和八路军高级指挥员，著名军事家。是八路军在抗日战场上牺牲的最高指挥员。名将阵亡，太行山为之垂首，全党为之悲痛。周恩来称他"足以为党之模范"，朱德赞誉他是"中国军事界不可多得的人才"。

《虎将兴关外 抗倭统雄师——抗联英雄赵尚志》

本书描写了久经考验的共产党员、东北抗联的创建者和主要领导人赵尚志，在艰苦卓绝的条件下，坚持抗战，威震敌胆，战功卓著，忍辱负重，忠贞不屈，为国捐躯的英雄故事，为青少年读者呈上一部爱国主义的佳作。

《黄埔之英 民族之雄——抗日名将戴安澜》

抗日名将戴安澜，先后参加保定、漕河、台儿庄、武汉、昆仑关等战役，作战英勇，屡建奇功；入缅作战，"扬威国外，藉伸正义"；守东瓜，复棠吉；殒身缅北，遗恨丛林，马革裹尸，成就了光辉的一生。

《爱国志士 民主先锋——新闻出版家邹韬奋》

本书讲述了邹韬奋献身新闻出版事业的奋斗历程，展现了一位新闻工作者坚定的革命信念和炽热的爱国主义精神，全心全意为人民服务、为读者服务的奉献精神，歌颂了他的高尚情操和优良品质。

《为抗战发出怒吼——人民音乐家冼星海》

人民音乐家冼星海，青年时期在巴黎求学，饱尝屈辱与磨难；学成后毅然回到多灾多难的祖国，用满腔热忱谱写激昂的音乐，鼓舞中华儿女的斗志；奔赴延安，谱写出不朽的名作《黄河大合唱》，发出中华民族抗日救亡的怒吼。

《全民皆兵 抗击日寇——抗日战争的故事》

中国人民进行的十四年抗战，是一百多年来中国人民反对外敌入侵第一次取得完全胜利的民族解放战争。这场战争是以国共两党合作为基础，有社会各界、各族人民、各民主党派、抗日团体、社会各阶层爱国人士和海外侨胞广泛参加的全民族抗战。

《捧着一颗心来 不带半根草去——人民教育家陶行知》

陶行知是我国现代教育史上伟大的人民教育家、教育思想家。他从青年起就立志献身教育事业，以"捧着一颗心来，不带半根草去"的赤子之心，为人民的教育事业鞠躬尽瘁。

《为民主与和平拍案而起——民主斗士闻一多》

闻一多早年与梁实秋等人发起成立清华文学社。赴美留学期间由对祖国的深深眷恋而创作著名的《七子之歌》。后在西南联大任教8年，积极投身于抗日运动和争取民主的斗争，发表了著名的《最后一次讲演》。

《铁窗难锁钢铁心——革命先烈王若飞》

王若飞是我党早期杰出的无产阶级革命家。在艰苦卓绝的斗争中，他出生入死，屡建奇功，以超人的睿智和胆略，在敌人的监狱中，同敌人展开了殊死的较量，为抗战的胜利和新中国的诞生做出了卓越的贡献。

《横扫千军 还我河山——抗联名将李兆麟》

李兆麟是东北抗日联军创建人之一，他率领抗日联军历尽千难万险与日本侵略者浴血奋战，在极其艰苦的条件下，保存了抗日联军的有生力量，为东北光复做出了重大贡献。

《锄头开出新天地——解放区大生产运动》

为了解决困难，渡过难关，党中央号召党政军民齐动手，开展大生产运动。中国共产党在其控制区域内发动的一场军队屯田和鼓励生产的群众运动，达到了自己动手丰衣足食，共度难关，既进行革命又进行生产自足的目的。

—— 宁死不辱战士名
—— 狼牙山五壮士

《生的伟大　死的光荣——女英雄刘胡兰》

刘胡兰，坚贞不屈的少年女英雄。生前对我国劳动人民的解放事业无限忠诚，在敌人威胁面前，大义凛然，毫无惧色，英勇牺牲，表现了共产党员的高贵品质。

《饿死不领美国救济粮——爱国知识分子的楷模朱自清》

朱自清作为爱国知识分子的典型，以锐利的笔锋直言痛斥反动政府的暴行，体现了他崇高的爱国情怀和不畏恶势力的精神品格。毛泽东曾给朱自清先生以高度评价："一身重病，宁可饿死，不领美国的'救济粮'"，"表现了我们民族的英雄气概"。

《为了新中国前进——舍身炸碉堡的董存瑞》

伟大的英雄，中国人民的儿子董存瑞，从儿童团长成长为一名光荣的解放军战士，在1948年解放隆化县城时，舍身炸碉堡，为新中国献出了自己年轻的生命。他的英雄形象永远留在人民心里。

《宁死不屈的共产党员——革命烈士江竹筠》

江竹筠，就是著名的江姐。1947年春，她负责《挺进报》工作，只几个月的时间，报纸就发行到1600多份，引起了敌人的极大恐慌。由于叛徒出卖，江姐不幸被捕，惨遭毒刑的残酷折磨，仍坚贞不屈。最后被特务秘密枪杀，年仅29岁。

《抗美援朝　保家卫国——志愿军的战斗故事》

抗美援朝战争是中国人民志愿军为援助朝鲜人民、保卫祖国安全，与美国为首的"联合国军"发生的战争。在朝鲜牺牲的志愿军烈士们，他们英勇的战斗事迹、保家卫国的精神值得我们发扬光大。

《上甘岭上壮烈歌——黄继光和他的战友们》

在1952年10月的上甘岭战役中，黄继光和他的战友们在零号阵地半山腰被敌机枪火力点压制，此时，黄继光身上已经多处负伤，手雷也已全部用光。为了完成任务，减少战友的伤亡，他用自己的胸膛堵住正在扫射的敌机枪射孔，为反击部队扫清了前进的道路。

《诗书印画　全入神品——国画大师齐白石》

齐白石出身贫寒，做过农活，当过木匠，后改学雕花木工，从民间画工入手，摹古人真迹，学诗文书法，融汇古今，而诗、书、印、画俱佳；他将中国画的精神与时代的精神统一得完美无瑕，使中国画得到国际的重视，无愧于"国画大师"的称号。

《毕生为文化而奋斗——中国第一出版家张元济》

张元济参与、主持和督导商务印书馆近六十年，使其从简单的印刷企业转变为当时中国教育出版的旗帜。张元济一生爱书，在中华大地动荡不安的年代里，他用自己对文化的热爱，续存着中华民族灿烂悠久的文明之光。

《独树一帜　梨园大师——著名京剧表演艺术家梅兰芳》

梅兰芳，京剧大师，演唱风格独树一帜，世称"梅派"。曾先后赴日本、美国、苏联演出，并荣获美国波摩那学院和南加州大学的荣誉文学博士学位。作为一位爱国者，抗战期间蓄须明志，拒绝为日本人演出，为后世称颂。

《华侨旗帜　民族光辉——爱国侨领陈嘉庚》

陈嘉庚是著名的爱国华侨领袖、企业家、教育家、慈善家、社会活动家。他为辛亥革命、民族教育、抗日战争、解放战争、新中国的建设做出了卓越的贡献。生前被毛泽东誉为"华侨旗帜、民族光辉"。

《向雷锋同志学习——伟大的共产主义战士雷锋》

雷锋，一个平凡而伟大的共产主义战士，一心向着党，一生秉承着全心全意为人民服务、无私奉献的崇高思想；发扬刻苦学习和钻研理论的"钉子"精神；坚持勤俭节约、艰苦奋斗的优良作风。毛泽东为其题词："向雷锋同志学习。"

《人民的好公仆——县委书记的好榜样焦裕禄》

焦裕禄，被誉为县委书记的好榜样。他用自己的革命精神，展开了与大自然、与社会落后现象、与病魔的多重抗争，让我们领略到一个共产党人的生之伟大、死之壮美的人格品质和具有现实教育意义的精神魅力。

《文学巨匠　京味大师——人民作家老舍》

老舍是我国现代小说家、文学家、戏剧家。他用融入骨髓的真诚文字反映生活的喜怒哀乐。老舍的一生，总是在忘我地工作，他是文艺界当之无愧的"劳动模范"，生前被北京市人民政府授予"人民艺术家"的称号。

《革命老人——无产阶级教育家徐特立》

徐特立是一代伟人毛泽东的老师。他出生在贫苦家庭，大部分时间生活在动荡艰苦的年代；他刻苦勤奋，不畏艰辛，追求光明，一生勤俭，为革命培养了大量的人才；他对党和人民任劳任怨，鞠躬尽瘁。他坎坷奋斗的一生，留下了许多可歌可泣的故事。

《人生能有几回搏——新中国第一个世界冠军容国团》

容国团先后担任中国乒乓球队运动员、女队主教练。获得1959年男子单打世界冠军；1961年夺得男子团体世界冠军；作为中国女队主教练，1965年率女队第一次夺得女子团体世界冠军。他的"人生能有几回搏"的豪言，举国传诵。

《石油工人一声吼　地球也要抖三抖——铁人王进喜》

王进喜，新中国第一批石油钻探工人。他为祖国石油工业的发展和社会主义建设立下了不朽的功勋，在创造了巨大物质财富的同时，还给我们留下了宝贵的精神财富——铁人精神。他被评为"百年中国十大人物"，写入中华民族的光辉史册。

《做人民需要我做的事——著名地质学家李四光》

李四光是一位伟大的科学家，他一生从事地质学研究工作，足迹遍布祖国的山川，为祖国探明了许多地下宝藏；他创建了崭新的学说——地质力学；他历尽重重困难，为正确认识地质构造开辟了一条新路。

《中国化学工业的先驱——著名化学家侯德榜》

为摆脱纯碱需要进口的窘况，20世纪初，怀着"实业救国"梦想的中国化工先驱侯德榜等人创办了永利碱厂，并立志生产出中国人自己的碱。1926年，永利碱厂终于成功地生产出"红三角"牌纯碱，从此中国制碱业得以跨入世界先进行列。

《毕生求是　一丝不苟——著名科学家竺可桢》

著名科学家竺可桢献身科学研究；治学严谨，一丝不苟；一生廉洁，两袖清风；作风民主，爱护学生。他以爱国之心、报国之志，从一个民主主义者逐渐成长为一个共产主义战士。

《热爱自然的大地之子——著名植物学家蔡希陶》

蔡希陶，五十载风雨，五十载坎坷，五十载奋斗，五十载开拓，为了发现对人类生产、生活有用的植物及新物种的引进而做出巨大贡献，在中国的植物资源学史上将永远镌刻着他的名字。

《高洁无私的襟怀——知识分子的楷模蒋筑英》

蒋筑英是中国当代知识分子的先锋典范，他不为名，不为利，尊重科学；他以坚忍的毅力和顽强的作风，在科学的道路上呕心沥血，鞠躬尽瘁，无私地奉献了青春和生命。

《迎接新生命的天使——卓越的妇产科专家林巧稚》

林巧稚是国内外享有盛誉的妇产科专家。在五十多年的医学教育和临床实践中，林巧稚亲自接生了五万多婴儿，治愈了数千病人，培养了数以百计的专门人才，为我国的妇女儿童事业做出了不可磨灭的贡献。

《独自成千古　悠然寄一丘——国画大师张大千》

张大千是20世纪中国画坛最具传奇色彩的国画大师，无论是绘画、书法、篆刻、诗词无所不通。在艺术界深得敬仰和追捧，艺术家们用真挚的感情，用绘画和雕塑展现了"张大千"多彩的艺术形象。

《建造中国的通天塔——著名数学家华罗庚》

　　中国当代著名数学家华罗庚，为中国数学的发展做出了无与伦比的贡献，他是中国解析数论、典型群、矩阵几何等多方面研究的创始人与开拓者，也是我国最早将数学理论研究与生产实践紧密结合的科学家。

《问鼎长天　强我国威——两弹元勋邓稼先》

　　邓稼先是我国著名科学家，参加组织和领导我国核武器的研究、设计工作，从对原子弹、氢弹原理的突破和试验成功及其武器化，到新的核武器的重大原理突破和研制试验，作出了重大贡献。是我国核武器理论研究工作的奠基者之一，被誉为"两弹元勋"。

《敢叫天堑变通途——桥梁专家茅以升》

　　中国著名的桥梁专家茅以升从小立志为祖国建造桥梁，经过不懈努力，他不仅设计建造了一座座宏伟壮观、坚固实用的道路桥梁，而且搭建了一座座友谊之桥，为祖国建设作出了卓越贡献。

《蘑菇云之梦——核物理学家钱三强》

　　被誉为"中国原子弹之父"的核物理学家钱三强，更名后立志于科技报国；24岁投师于世界著名核物理学家居里夫妇；与夫人何泽慧合作，发现铀的"三分裂""四分裂"现象；统领我国的原子大军，做了大量创造性工作。

《两离桑梓地　满怀雪域情——领导干部的楷模孔繁森》

　　孔繁森，是一位一尘不染、两袖清风的好干部。两次进藏工作，历时十载，为西藏的建设、发展和稳定作出了突出的贡献。1994年11月，孔繁森不幸以身殉职。人民群众称他为新时期领导干部的楷模。

《摘取数学皇冠上的明珠——著名数学家陈景润》

　　陈景润是享誉世界的数学家，为了证明"哥德巴赫猜想"，他以惊人的毅力在数学领域里艰苦跋涉，终于攻克了世界著名数学难题"哥德巴赫猜想"中的"1＋2"，创造了中国乃至世界数学史上的辉煌。

《学术独步　饮誉四海——享有国际威望的科学家卢嘉锡》

卢嘉锡是一位在国际科学界享有崇高威望的物理化学家、化学教育家和科技组织领导者。1945年，卢嘉锡满怀"科学救国"的热忱回到祖国，对中国原子簇化学的发展起了重要推动作用，他所指导的新技术晶体材料科学研究，也取得了重大成绩。

《德艺双馨　梨园楷模——著名豫剧表演艺术家常香玉》

常香玉1941年赴陕甘演出。1948年在西安创办香玉剧社。1951年为支援抗美援朝，率剧社巡回西北、中南、华南各地演出，以演出收入捐献"香玉剧社号"战斗机一架，素有"爱国艺人"之誉。

《文学大师　激流勇进——著名作家巴金》

本书以巴金生平和主要事迹为线索，回顾和展示现代著名作家巴金的一生，以期让人们看到巴金在这风云变幻的100多年中，有过成功的欢欣，有过屈辱的磨难，有过痛苦的忏悔，有过平静的安宁。巴金的人生，映照着一代中国五四知识分子坎坷而不平凡的命运。

《壮心系科学　孜孜为国昌——理论化学家唐敖庆》

本书讲述了唐敖庆从出国求学、学业有成、回国任教，到服从安排、艰苦工作、刻苦钻研，最终成为中国量子化学奠基者的过程。让人们看到了这位著名化学家的赤心爱国、严谨治学、大公无私的崇高品格和科研上的卓越成就。

《中国导弹之父——著名科学家钱学森》

当第一颗原子弹升空的时候，当中国的人造卫星奏响《东方红》的时候，当中国运载火箭腾空而起的时候，当中国研制的导弹准确命中目标的时候，人们都会想起他的名字：中国导弹之父钱学森。

《中国近代力学的奠基人——著名科学家钱伟长》

钱伟长曾以中文和历史两个100分的成绩考入清华大学。九一八事变后，钱伟长毅然放弃了文科的学习而转为理科。他是中国近代力学、应用数学的奠基人之一，在固体力学、流体力学以及航空航天领域，取得了卓越的成就，为新中国的现代化建设付出了毕生的精力。

《中国光学科学的奠基人——著名科学家王大珩》

　　王大珩是我国著名的科学家，中国光学科学的奠基人。他先在清华就读，后赴英国求学，学业有成，立志科学救国，其成就享誉神州。他以科学的求是精神和赤诚的爱国情怀，探索着中国光学发展的闪光之路。